Arena-Taschenbuch
Band 50716

Von Alexander Rösler sind als Arena-Taschenbuch erschienen:
Ein Kuss ist ein ferner Stern (Band 50465)
Ich bin nur mal kurz mein Glück suchen. Neues vom Taugenichts (Band 02982)

Alexander Rösler
war Schauspielschüler, Kontrabassist in einer Tangoband und ist Autor einiger Jugendromane im Arena Verlag. Sein Geld verdient er als Neurologe. Er habilitierte über Aufmerksamkeitsstörungen im Alter, forschte aber auch über das Erlernen von Tanzschritten und die Wirkung von Alkohol auf das Gehen.

Philipp Sterzer
war Jazzflötist und Kinderzirkusmusikant, bevor er Neurologe, Psychiater und Hirnforscher wurde. Er ist jetzt Professor für Psychiatrie und Neurowissenschaften an der Charité in Berlin. Seine Faszination für optische Täuschungen führte ihn zu der Frage, wie das Gehirn unsere Realität konstruiert.

Kai Pannen
studierte Malerei in Köln. Bis er sich entschloss, sein Geld als Illustrator und Trickfilmer zu verdienen, war er Garagentormonteur, Privatpilot und Bühnenbildner am Schlosstheater in Moers. Heute lebt er in Hamburg und darf sich somit statistisch zu den glücklichsten Deutschen zählen (siehe Seite 81).
www.kaipannen.de

Alexander Rösler und Philipp Sterzer

29 Fenster zum Gehirn

Genial einfach erklärt, was in unserem Kopf passiert

Mit Illustrationen von Kai Pannen

Arena

FSC
www.fsc.org
MIX
Papier aus verantwortungsvollen Quellen
FSC® C110508

1. Auflage als Limitierte Sonderausgabe im Arena-Taschenbuch 2015

Illustrationen und Sachgrafiken: Kai Pannen
Redaktion: Britta Vorbach
Layout/Satz: Katja Reinhardt
Umschlagtypografie: KCS GmbH · Verlagsservice & Medienproduktion, Stelle/Hamburg
Sondergestaltung: komm Design / achkomm.com / Würzburg
Gesamtherstellung: Westermann Druck Zwickau GmbH
ISSN 0518-4002
ISBN 978-3-401-50716-3

www.arena-verlag.de
Mitreden unter forum.arena-verlag.de

Inhalt

Warum Dein Gehirn mehr über sich wissen möchte

Zufälle gibt es nicht. Wenn Du dieses Buch in den Händen hältst, dann hat das seine Gründe. Vielleicht streifst Du im Buchladen umher, weil Du Lust zu lesen hast, aber noch nicht weißt, was. Du bist neugierig. Und Deine Neugierde spielt sich vor allem im Gehirn ab. Dass Deine Hände dieses Buch genommen, aufgeschlagen haben und im richtigen Winkel halten, ging vom Gehirn aus. Und dass Du liest, dass Du diese Zeichen in Bedeutung umwandelst, dass Du eine Vorstellung davon hast, was ein Gehirn ist, das hast Du, hat Dein Gehirn, gelernt.

Aber weißt Du wirklich, was ein Gehirn ist? Wissen wir das? Ein paar Dinge wissen wir. Und je mehr wir über das Gehirn wissen, umso interessanter wird es. Auf eine gelöste Frage kommen zwei neue, aber gezieltere Fragen. Wenn Du also mehr über das Gehirn wissen willst, kannst Du das Buch ja kaufen und lesen. Dein Gehirn wird's schon machen.

Die ersten Kennzeichen eines Gehirns sind eigentlich wenig spektakulär: Es sieht aus wie eine vergrößerte Walnuss, es hat den Fettgehalt von Hartkäse und jeder Depp hat eins hinter der Stirn – was soll daran so fantastisch sein?

Zum Beispiel, dass Du, als Du das Wort »Walnuss« gelesen hast, Dir eine Walnuss vorgestellt hast. Dass das Wort Walnuss in Deinem Gehirn ein Bild hervorgebracht hat, eine Vorstellung von einem bestimmten Geschmack, einer Farbe, vielleicht auch eine Erinnerung an das Sammeln von Walnüssen unter einem großen Baum oder eine Bastelstunde vor langer Zeit. Du hast Erfahrung damit, mit wie viel Kraft man die Faust schließen muss, damit eine von zwei eingeschlossenen Walnüssen aufspringt. Vielleicht lief Dir beim Lesen des Begriffes »Walnuss« vor Appetit ein wenig Speichel im Mund zusammen, spätestens aber beim Begriff »Hartkäse«, denn Hartkäse enthält viel natürlichen Geschmacksverstärker, also Glutamat. (Glutamat ist außerdem ein wichtiger Überträgerstoff im Gehirn.)

Wie Du merkst: Alle Wege führen nach Hirn. Wenn man anfängt zu denken, kommt man am Gehirn nicht vorbei. Warum sollte man auch? Macht ja Spaß!

Du kannst dieses Buch klassisch von vorne nach hinten lesen. Aber auch querlesen, springen, kritzeln und insbesondere innehalten und nachdenken ist ausdrücklich erwünscht. Und wenn Du eine Frage hast, die Dir unter der Schädeldecke brennt, dann geh auf *http://forum.arena-verlag.de* und such Dir das Forum zu diesem Buch. Dort kannst Du alle Fragen loswerden.

Das Gehirn – ein Schnellkurs in 5 Punkten:

1. Das Gehirn hat einen großen, weicheren Teil, auf den man von oben draufguckt: das Großhirn. Und einen kleineren, härteren, der hinten unter dem Großhirn herausschaut: das Kleinhirn. Die zwei zusammen wiegen beim Menschen ca. 1,5 Kilogramm, beim Elefant 5 Kilogramm und bei der Ratte 2 Gramm.

2. Unten geht das Gehirn über den »Hirnstamm« in das Rückenmark über. Das Rückenmark verläuft geschützt von Wirbelkörpern bis etwa unterhalb der Rippen. Vom Rückenmark aus ziehen sich Nerven zu den Muskeln des Körpers.

3. Das Gehirn besteht aus Nervenzellen (»Neuronen«), etwa 100 Milliarden Stück, mit ihren Ausläufern und noch mehr »Gliazellen«, die Stütz- und Stoffwechselaufgaben haben.

4. Die Nervenzellen sind über ihre Ausläufer und Schaltstellen, die »Synapsen«, miteinander verbunden. Im Ge-

hirn gibt es ca. 10 Billionen Synapsen, d. h., ein Kubikmillimeter Gehirn enthält etwa eine Milliarde Synapsen.

5. Über diese Verbindungen können die Nervenzellen sich gegenseitig in den Signalen stärken, aber auch hemmen. Solche Verbindungen zwischen Nervenzellen sind zum Teil seit Geburt angelegt, zum Teil werden sie erworben. Bestimmte Verbünde von Hirnteilen haben einen »Arbeitsschwerpunkt«, zum Beispiel Sprache, Gedächtnis, Aufmerksamkeit, Gefühle usw.

Einen genaueren Einblick in das Gehirn bekommst du auf den Seiten 220 und 221 dieses Buches. Oder du schaust im Internet, z. B. unter http://www.gehirn-atlas.de/.

Ich sehe was, was Du nicht siehst

WAHRNEHMUNG UND BEWUSSTSEIN

1. Wenn das Gehirn kreativ wird

Optische Täuschungen

»Unsere Wahrnehmung der Welt ist eine Fantasie, die mit der Realität in Einklang steht.«

Das schreibt einer der berühmtesten Hirnforscher unserer Zeit, der Londoner Psychologe **Chris Frith**. Was meint er damit? Für mich jedenfalls gibt es im Moment keinen Grund anzunehmen, dass meine Wahrnehmung eine »Fantasie« sein soll: Ich sitze an meinem Schreibtisch und blicke auf den Bildschirm meines Computers. Ich sehe meine Hände, wie sie sich beim Tippen bewegen, dahinter das Chaos auf meinem Schreibtisch, die Wand des Arbeitszimmers, das Fenster, durch das ich das Haus gegenüber sehe, auf dessen Balkon im vierten Stock die Frau, deren Namen ich schon wieder vergessen habe, ihre Blumen gießt. Und so weiter …

Also was heißt hier Fantasie? Das, was wir von der Welt um uns herum wahrnehmen, kommt uns nicht nur wie ein Abbild der Realität vor, es ist für uns die Realität selbst. Bunt, gestochen scharf und in Drei-D. Doch schon ein ganz einfaches Selbstexperiment zeigt uns, dass dieses Bild weniger vollständig ist, als es uns zunächst vorkommt.

Experiment

Richte Deinen Blick genau auf dieses Kreuz: +
Was kannst Du jetzt außer dem Kreuz noch gestochen scharf sehen?
Wahrscheinlich das Kreuz selbst und die Buchstaben in seiner unmittelbaren Umgebung. Aber schon in ein paar Zentimetern Entfernung davon verschwimmt alles zu einem undefinierbaren Brei.
Lass Deinen Blick auf dem Kreuz. Kannst Du jetzt in der Überschrift den dritten Buchstaben erkennen? Keine Chance! Gib's zu, Du hast Deinen Blick prompt auf die Überschrift gerichtet und weißt inzwischen, dass es sich um ein »p« handelt.

Dieses kleine Selbstexperiment offenbart ein Geheimnis unseres Auges.

Nur in einem ziemlich kleinen Ausschnitt in der Mitte unseres Gesichtsfelds – also immer genau da, wo wir gerade hinsehen – können wir Details gestochen scharf wahrnehmen.

Dieser Bereich ist etwa so groß wie Dein Daumennagel, wenn Du ihn bei ausgestrecktem Arm betrachtest. Nach außen hin nimmt die Sehschärfe ganz schnell ab, und wenn Du dann etwas scharf sehen willst, dann musst Du eben Deinen Blick genau darauf richten.

Das ist auch der Trick, den unser Gehirn einsetzt, um uns ein gestochen scharfes Bild im gesamten Gesichtsfeld vorzugaukeln.

Ein zusammengesetztes Bild

Durch schnelle Augenbewegungen, sogenannte **Sakkaden**, wird unsere Umgebung abgescannt. Das passiert blitzschnell und automatisch. Unsere Augen machen etwa zwei bis drei solcher Sakkaden pro Sekunde, ohne dass uns das bewusst ist. Die kleinen scharf abgebildeten Teilbereiche in der Mitte des Blickfelds werden von unserem Gehirn zu einem nahtlos zusammenhängenden Ganzen zusammengefügt. So entsteht die Illusion, dass wir ein detailgetreues und gestochen scharfes Bild der Realität wahrnehmen, obgleich dieses Bild nur an einer kleinen Stelle des Gesichtsfelds tatsächlich so detailgenau verarbeitet werden kann.

Dass Du vorhin bei dem Selbstexperiment vermutlich unwillkürlich Deinen Blick auf die Überschrift gerichtet hast, ist also völlig in Ordnung. Denn die Tatsache, dass Du Dich mit Gewalt daran hindern müsstest, das zu tun, spiegelt genau den Mechanismus wider, mit dem unser Gehirn uns zur Illusion einer lückenlos scharfen Sehwahrnehmung verhilft.

Das Selbstexperiment hat Dich vielleicht auch davon überzeugt, dass unser Gehirn bei der Wahrnehmung Tricks anwendet, die uns im alltäglichen Leben nicht bewusst sind. Aber dass unsere Wahrnehmung deshalb eine »Fantasie« sein soll, leuchtet Dir vermutlich nicht ein. Es gibt aber manchmal Dinge, die Zweifel daran wecken, dass unsere Wahrnehmung ein wahrheitsgetreues Abbild der Realität ist. Zum Beispiel, wenn wir etwas sehen, von dem wir nach sorgfältiger Überprüfung feststellen müssen, dass es gar nicht existiert – oder besser gesagt: Dass es zumindest nicht in der Form existiert, in der wir es wahrnehmen.

Vielleicht denkst Du jetzt an Halluzinationen, wie sie bei bestimmten psychischen Krankheiten oder unter dem Einfluss von Drogen vorkommen. Aber: Wir alle sehen öfter, als wir denken, Dinge, die in Wirklichkeit nicht da sind, und zwar bei völlig klaren Sinnen und ungetrübtem Verstand. Ein Beispiel dafür sind optische Täuschungen.

Experiment

Lass Deine Augen auf dem Gitter umherwandern. Siehst Du, wie die Punkte auf dem Gitter mal grau werden und mal weiß?
Und: Was siehst du in der Mitte der zweiten Figur?

Wir können es zunächst gar nicht glauben: Die Farbe ALLER Punkte auf dem »funkelnden Gitter« ist Weiß, und zwar genau dasselbe Weiß, das die Abbildung umgibt. Wenn wir einen Punkt auf dem Gitter direkt ansehen, so nehmen wir ihn tatsächlich als weiß wahr, während die restlichen Punkte »funkeln« und mal dunkler und mal heller aussehen. Ähnlich ist es mit der zweiten abgebildeten Figur, dem »Kanizsa-Dreieck«. (Es ist nach dem italienischen Psychologen **Gaetano Kanizsa** (1913–1993) benannt.) Wir erkennen ganz klar ein weißes Dreieck (mit der Spitze nach oben) und meinen, auch dessen Konturen zu sehen. Doch wenn wir diese Konturen genau ansehen, stellen wir fest, dass es sie nicht gibt!

Solche **optischen Täuschungen** führen uns vor Augen – im buchstäblichen Sinn –, dass wir manchmal mehr wahrnehmen, als tatsächlich vorhanden ist. Unser Gehirn scheint also Dinge dazuzuerfinden, die gar nicht existieren. Mehr Beispiele für optische Täuschungen kannst Du Dir auf Internetseiten von Forschern ansehen. Zum Beispiel: www.michaelbach.de/ot oder www.purveslab.net – die Seiten sind teilweise auf Englisch, aber die Bilder verstehst Du auch so.

Was aber kann man aus optischen Täuschungen lernen? Zeigen sie nicht einfach, dass unser Sehen nicht ganz perfekt ist – denn wer ist schon perfekt? Aus Sicht der modernen Hirnforschung weisen uns optische Täuschungen auf grundlegende Funktionsprinzipien unseres Gehirns hin.

Eine Erkenntnis, die das Beispiel des Kanizsa-Dreiecks nahelegt, besteht darin, dass unser Gehirn offenbar eine hochsensible »**Mustererkennungsmaschine**« *ist: Es sucht die Reize, die von unseren Sinnesorganen registriert werden, ständig nach zusammenhängenden Mustern, Formen und Objekten ab. Diese Mustererkennungsmaschine reagiert schon mal etwas übersensibel und kommt gelegentlich auch zu falschen Schlüssen. Mehr als das: Sie erfindet sogar einfach die Konturen eines Objekts dazu, wo in Wirklichkeit gar keine Konturen sind.*

Bemerkenswert an optischen Täuschungen wie dem Kanizsa-Dreieck ist, dass wir gar nicht anders können, als die Umrisse des Dreiecks wahrzunehmen. Wir können selbst dann nichts dagegen tun, wenn wir nach eingehender Überprüfung festgestellt haben, dass es sich um eine »Fantasie« handelt. Wozu soll so etwas gut sein?

Sieh dir den weißen Vogel an. Er sitzt auf einem Strauch. Der Vogel unterscheidet sich in seiner Farbgebung und Helligkeit nicht sehr stark vom Himmel im Hintergrund. Was uns hauptsächlich hilft, die Form des Vogels wahrzunehmen, ist die Unterbrechung der Zweige im Hintergrund. Lassen wir den Vogel einfach weg und ersetzen ihn durch eine weiße Fläche (rechts), so ist der Vogel immer noch deutlich zu erkennen, auch wenn seine Konturen jetzt nur noch durch die Unterbrechung der Zweige definiert sind.

Unser Gehirn schließt aus der Unterbrechung der Hintergrundstrukturen, dass diese Unterbrechung nur durch das Vorhandensein eines Objekts in der Form eines Vogels zustande kommen kann. Die fehlenden Konturen des Vogels werden einfach ersetzt – genau wie beim Kanisza-Dreieck.

Unser Gehirn hat durch jahrelange Erfahrung offenbar gelernt, dass Unterbrechungen in Strukturen (wie etwa in den Zweigen beim Vogelbild) in aller Regel durch etwas verursacht werden, das diese Strukturen verdeckt.

Viel öfter als uns bewusst ist, stehen dem Gehirn nur unvollständige Informationen zur Verfügung. Das Gehirn verbindet also Annahmen und Erwartungen mit der vorhandenen Information und konstruiert daraus unsere **Wahrnehmung**.

Die Annahme, dass ein Objekt Hintergrundstrukturen verdeckt, führt letztlich dazu, dass auch Umrisse, die eigentlich gar nicht da sind, dazu-»fantasiert« werden.

In seltenen Fällen, wie eben bei optischen Täuschungen, führt dies zu Fehlwahrnehmungen. In den allermeisten Fällen aber steht die Wahrnehmungsfantasie mit der Realität in Einklang, denn sie beruht ja auf jahrelanger Erfahrung. Das Prinzip ist genial: Dadurch, dass Erfahrungen und gelerntes Wissen unbemerkt in den Wahrnehmungsprozess einfließen, wird dieser Prozess sehr effektiv. Während der **Evolution** war immer das wichtig, was die Chance zum Überleben verbesserte. Dazu gehört beispielsweise das schnelle und effektive Erkennen von Objekten. Gelegentliche Fehlwahrnehmungen können wir uns dabei durchaus leisten. Besser einmal zu oft einen Tiger im Dickicht des Dschungels sehen, der sich dann bei genauerer Betrachtung als »optische Täuschung« herausstellt, als den Tiger einmal nicht wahrzunehmen – und dann von ihm gefressen zu werden!

Die Evolution des Geistes

Wir Menschen halten uns gerne für die »Krone der Schöpfung«, denn nur wir verfügen ja über Bewusstsein, Vernunft, Moral und einen freien Willen, kurz über einen **Geist**. Aber sind wir wirklich so besonders, so einzigartig? Es ist sicher richtig, dass die geistigen Fähigkeiten des Menschen, seine Intelligenz, im Tierreich ihresgleichen suchen. Andererseits wäre es aber sehr verwunderlich, wenn der menschliche Geist im Laufe der Evolution ganz plötzlich aufgetaucht wäre. Viel wahrscheinlicher ist es, dass sich der Geist langsam entwickelt hat. Dann aber müsste es auch bei anderen Tieren Formen von Geist geben.

Gehen wir einmal davon aus, dass die geistigen Leistungen des Menschen durch sein äußerst komplexes Nervensystem, sein **Gehirn**, zustande kommen. Dann erscheint es doch gar nicht so abwegig, dass Tiere mit ähnlich komplexen Nervensystemen auch so etwas wie einen Geist besitzen. Natürlich ist es sehr schwer zu entscheiden, welches Tier nun über einen Geist verfügt und welches nicht, denn es ist beinahe unmöglich, den Begriff »Geist« genau zu definieren.

Etwas leichter ist es, sich darüber zu verständigen, was intelligentes Verhalten ist. Tieren wird in der Regel **intelligentes Verhalten** bescheinigt, wenn sie lernfähig sind, planvoll handeln und Werkzeuge benutzen können, über sprachähnliche Kommunikation verfügen oder fähig sind, sich selbst im Spiegel zu erkennen. Solche Leistungen kann man beispielweise bei Affen, Delfinen oder Elefanten beobachten, bei verschiedenen Vogelarten wie Papageien oder Rabenvögeln, aber auch bei Kraken und Honigbienen. Die Untersuchung intelligenten Verhaltens bei Tieren zeigt uns, dass zwar die Intelligenz anderer Tiere nicht an die des Menschen heranreicht; grundsätzlich aber ist der Mensch nicht die einzige Spezies, die über die Fähigkeit zu intelligentem Verhalten verfügt.

Interessant ist, dass sich Intelligenz im Laufe der **Evolution** bei so unterschiedlichen Tierarten wie Kraken und Affen offenbar in vielen verschiedenen Formen entwickelt hat. Der wichtigste Motor für die Entwicklung von Intelligenz ist die Notwendigkeit, sein Verhalten neuen Situationen flexibel anzupassen, damit man überlebt. So entwickelte sich intelligentes Verhalten vor allem immer dann, wenn Tiere in neuen Lebensräumen zurechtkommen mussten. Für die Entwicklung des menschlichen Gehirns war vermutlich der Konkurrenzkampf zwischen den Menschenaffen im begrenzten Lebensraum des Urwalds entscheidend. Einige Menschenaffen - unsere Urahnen - wichen diesem Konkurrenzkampf aus, indem sie in die Savanne zogen, wo sie mit ganz anderen Lebensbedingungen zurechtkommen mussten. Bei dieser Gruppe kam es im Lauf der Jahrtausende zu einer Vergrößerung des Gehirns. Das **Stirnhirn**, also der hinter der Stirn gelegene Teil des Großhirns, vergrößerte sich stärker als bei anderen Tieren.

Das Stirnhirn spielt die wichtigste Rolle bei höheren Denkleistungen, wie etwa bei der vorausschauenden Planung von Verhalten. Unsere Vorfahren wurden immer geschickter im Gebrauch von Werkzeugen und Feuer. Und sie entwickelten eine immer ausgefeiltere Kommunikation, die Sprache. So wurden wir zu Tieren mit einer besonders hoch entwickelten Form von Intelligenz, dem menschlichen Geist.

Das bedeutet aber noch lange nicht, dass andere Tiere nicht über eine Art Geist verfügen. Sie haben zwar keinen menschlichen Geist, aber dann eben einen Kraken-, Raben- oder Affengeist.

2. Von Fußball, Hüten & Herzspezialisten

Die Gesichtererkennung

Ist Dir so etwas auch schon mal passiert? Du siehst auf der Straße einen Menschen, von dem Du ganz sicher bist, dass Du ihn kennst. Du siehst ihn an und auch er sieht Dich an, als ob er Dich schon einmal gesehen hätte. Ihr grüßt Euch aber nicht, weil Ihr Euch beide nicht sicher seid. Erst einige Minuten später geht Dir ein Licht auf: Ja, natürlich, Ihr habt Euch tatsächlich schon einmal gesehen. Das war letzten Sommer am See, da hast Du mit ihm und ein paar Freunden Fußball gespielt.

An dieser Geschichte kommt uns nichts außergewöhnlich vor. Aber ist es nicht erstaunlich, dass wir uns so gut an das Gesicht eines Menschen erinnern können, dem wir nur einmal begegnet sind? Die beiden Bäume, die an jenem Nachmittag Euer Tor gebildet hatten, die hast Du vermutlich genauso oft angesehen wie das Gesicht des Jungen. Aber es ist sehr unwahrscheinlich, dass Dir einer der Bäume bekannt vorkäme, wenn Du heute an ihm vorbeigingst.

Unser Gehirn ist ganz besonders darauf spezialisiert, **Gesichter** *zu erkennen und die in Gesichtern enthaltenen Informationen, wie* *den Gesichtsausdruck, zu »lesen«. Und: Wir können uns Gesichter besonders gut merken, besser als die meisten anderen Objekte.*

Die Tatsache, dass das Gehirn sich so sehr auf die Verarbeitung von Gesichtern spezialisiert hat, zeigt, dass diese Fähigkeit für unser Überleben besonders wichtig ist. Unser außerordentliches Gedächtnis für Gesichter hilft uns dabei, uns zu erinnern, dass wir mit einer Person schon einmal gute oder schlechte – möglicherweise sogar lebensbedrohliche – Erfahrungen gemacht haben.

Auch das Erkennen von Gesichtsausdrücken kann überlebenswichtig sein. Wenn Dich jemand wütend ansieht, wirst Du daraus andere Konsequenzen für Dein Verhalten ziehen, als wenn er Dich freundlich anlächelt. Und schließlich kann es auch vorteilhaft sein, aus dem Minenspiel meines Gegenübers seine Gedanken lesen zu können. Natürlich kann man sich dabei auch täuschen, aber über manche Menschen sagt man immerhin, man könne aus ihrem Gesicht »lesen wie aus einem Buch«.

Wie schafft es das Gehirn, uns zu solchen Spezialisten für Gesichter zu machen? Spezialist wird man durch Erfahrung. Ein Arzt, der auf Herzerkrankungen spezialisiert ist, hat in seinem Berufsleben viele Patienten mit Herzerkrankungen gesehen. Das versetzt ihn in die Lage, typische Symptome solcher Patienten richtig einzuordnen. Darüber hinaus hat er aber auch entsprechende Werkzeuge, die ihm bei der Diagnose und Behandlung von Herzerkrankungen helfen. Beispielsweise wird er mit einem

Ultraschallgerät arbeiten, das für die Untersuchung des Herzens gut geeignet ist; und ein großer Teil seiner Bibliothek wird aus Büchern über Herzerkrankungen bestehen, sodass er jederzeit auch über seltene Erkrankungen nachlesen kann.

Ganz ähnlich ist das mit dem Spezialistentum des menschlichen Gehirns für Gesichter: Es hat viel Erfahrung mit Gesichtern – schließlich sehen wir täglich eine Menge davon – und verfügt über spezialisierte Werkzeuge für die Verarbeitung der Informationen, die in Gesichtern enthalten sind.

Ein ganzes **Netzwerk von Hirnregionen** *ist an der Verarbeitung verschiedener Aspekte von Gesichtern beteiligt. In diesen Regionen finden sich in großer Zahl Nervenzellen, die immer dann reagieren, wenn wir ein Gesicht sehen.*

Es gibt Hirnregionen, die auf die typische Form eines Gesichts reagieren: rund, länglich, schmal. Andere wiederum sind auf die Erkennung von besonderen Gesichtsmerkmalen ausgerichtet. Eine Hirnregion im Schläfenlappen ist auf die Verarbeitung von Blickrichtungen spezialisiert: Schaut Dein Gegenüber Dich an oder interessiert es sich für etwas ganz anderes? Wieder andere Regionen wie die **Amygdala** (auf Deutsch: Mandelkern) verarbeiten bevorzugt Gesichtsausdrücke, die Gefühle wie Wut, Freude oder Angst signalisieren. (Mehr dazu findest du im Kapitel Emotion.)

Solches Spezialistentum schießt auch manchmal über das Ziel hinaus. Dem Herzspezialisten wird vielleicht gelegentlich der Fehler unterlaufen, dass er eine Herzerkrankung diagnostiziert, obwohl das Problem eigentlich woandersher rührt. Das liegt daran, dass seine Erfahrung, sein Wissen und seine Werkzeuge so sehr auf die Diagnose von Herzerkrankungen ausgerichtet sind. Ähnlich ergeht es uns allen mit Gesichtern. Menschen neigen dazu, Gesichter auch dort zu sehen, wo gar keine sind, etwa im Mond oder in bizarren Wolken- oder Felsformationen. Aber anders als der Arzt, dessen Fehldiagnose schwere Folgen haben kann, können wir uns eine solche hohe Empfindlichkeit gegenüber Gesichtern erlauben: Wenn wir jemanden verwechseln, führt das meistens nur zu einem erstaunten Schmunzeln!

Ein Gesicht im Mond?

Vielleicht fragst Du Dich, woher man so genau über die Funktionen solcher Hirnregionen Bescheid weiß.

Eine ganze Menge haben wir durch moderne Methoden der funktionellen Bildgebung, wie die funktionelle

Magnetresonanztomografie (fMRT), gelernt. (Mehr dazu auf Seite 46.) Solche Methoden stehen Hirnforschern aber erst seit etwa zwanzig Jahren zur Verfügung. Davor konnte man Hirnfunktionen entweder mithilfe von direkt in das Gehirn eingebrachten Messelektroden an Tieren untersuchen, zum Beispiel an Affen; oder man studierte Patienten mit Hirnschäden, also Menschen, bei denen aufgrund einer Hirnverletzung oder einer Erkrankung bestimmte Hirnregionen ausgeschaltet sind. So gibt es eine Reihe von Untersuchungen an Patienten, die genau die Teile ihrer Sehrinde eingebüßt haben, die auf das Erkennen von Gesichtern spezialisiert sind.

Eine eindrucksvolle Schilderung eines solchen Falles hat der amerikanische Neurologe **Oliver Sacks** geschrieben. Er berichtet von einem »Mann, der seine Frau mit einem Hut verwechselte«. Es handelte sich um einen Musikprofessor, dem eines Tages auffiel, dass er seine Studenten nicht mehr an ihren Gesichtern erkennen konnte, sondern nur noch daran, wie sie sprachen oder sich bewegten. Diese Störung weitete sich im Verlauf weiter aus in eine allgemeine Unfähigkeit, irgendwelche Objekte zu erkennen. Beim ersten Besuch des Musikprofessors fielen Dr. Sacks zunächst keine Besonderheiten an ihm auf. Als er dann aber seinen Fuß mit seinem Schuh verwechselte und beim Abschied nach dem Kopf seiner Frau griff, statt nach seinem Hut, wurde Dr. Sacks klar, dass der Musikprofessor an einer schwerwiegenden Störung der Objekterkennung litt. Zugrunde lag vermutlich ein langsam wachsender Hirntumor, der sich von dem Teil der Sehrinde, der auf das Erkennen von Gesichtern spezialisiert ist, langsam ausbreitete. Seine Intelligenz und seine Musikalität blieben jedoch völlig unbeeinträchtigt. Er lehrte bis zu seinem Tod an der Musikhochschule.

Der neurale Code – Wie Nervenzellen kommunizieren

Das Gehirn ist eine Informationsverarbeitungsmaschine: Sie registriert Veränderungen in der Umwelt als Sinnesreize und reagiert darauf mit der Steuerung von Verhalten. Die **Sinnesreize** müssen also als Information verarbeitet werden und diese Information muss irgendwie codiert sein. Zum Beispiel muss es einen Code für die Stärke eines Reizes geben: Wie laut ist ein Ton? Wie stark ist der Druck einer Berührung? Wie hell ist eine Lichtquelle?

Bleiben wir beim Beispiel des Lichts, das auf die Netzhaut unseres Auges fällt. Die oberste Schicht der Netzhaut bilden die **Fotorezeptoren**. Das sind Zellen, die auf Lichteinfall mit einer Änderung ihres Membranpotentials, also der winzigen elektrischen Spannung an ihrer Außenwand, reagieren. Die Fotorezeptoren sind wiederum über **Synapsen** (siehe S. 67: Neurotransmitter und Synapsen) mit darunterliegenden Zellen verbunden. An diesen Synapsen geschieht nun der entscheidende Schritt für die Informationscodierung: Hier wird die veränderte elektrische Spannung der Fotorezeptoren in einen **neuralen Code** übersetzt, also in eine Art Währung, mit der die Informationen im Nervensystem weitergegeben werden können. Diese Währung sind die **Aktionspotentiale**, also kurze Spannungsänderungen an der Nervenzellmembran. Aktionspotentiale laufen immer gleich ab und können über die Nervenfasern - Axone und Dendriten - blitzschnell weitergeleitet werden. Je stärker der Reiz (also, zum Beispiel, je heller das Licht), desto mehr Aktionspotentiale pro Zeit werden ausgelöst.

Hirnforscher können die Aktionspotentiale messen, indem sie ganz feine Elektroden in Nervenzellen hineinstecken. Traditionell werden die Elektroden über ein Verstärkersystem mit einem Lautsprecher verbunden, sodass jedes Aktionspotential als ein kurzes Knacken gehört werden kann. Werden an der Zelle durch einen Reiz viele Aktionspotentiale in schneller Folge ausgelöst, so ist ein richtiges Knattern zu hören, das sich ein wenig wie ein Maschinengewehr (na ja, vielleicht eher wie ein Spielzeugmaschinengewehr) anhört. Deswegen sprechen Hirnforscher auch davon, dass **die Nervenzelle »feuert«**.

Feuert eine Zelle stark, das heißt mit einer hohen Frequenz von Aktionspotentialen, so bedeutet dies, dass die Zelle mit einem starken Reiz stimuliert wurde. Umgekehrt wird über die »Feuerrate«, also die Frequenz von Aktionspotentialen, auch Verhalten gesteuert. Je nachdem mit welcher Frequenz Nervenzellen in der motorischen Hirnrinde feuern, werden die entsprechenden Muskelgruppen schwächer oder stärker aktiviert, ziehen sich also mit kleinerer oder größerer Kraft zusammen. Wenn Du ein 10 kg schweres Gewicht hochheben willst, muss Deine motorische Hirnrinde stärker feuern, als wenn das Gewicht nur 1 kg schwer ist: Es werden Aktionspotentiale mit höherer Frequenz von der Hirnrinde zu meinem Bizepsmuskel geschickt, damit dieser sich mit mehr Kraft zusammenzieht.

Die Feuerrate ist allerdings nicht die einzige Form der Informationscodierung in unserem Nervensystem. Es kommt auch darauf an, wo und zu welcher Zeit Nervenzellen feuern und ob mehrere Nervenzellen zusammen feuern oder nicht.

Wenn Nervenzellen gleichzeitig und mit derselben Frequenz feuern, spricht man von **Synchronisation**. Dadurch kann die Aktivität von Nervenzellen in verschiedenen Hirnregionen aufeinander abgestimmt werden: Wenn Du zum Beispiel einen rosa Elefanten vorbeilaufen siehst, dann wird die Farbe Rosa in einer anderen Hirnregion verarbeitet als die Bewegung des Elefanten. Die Synchronisation der Nervenaktivitäten in der Farbregion und der Bewegungsregion im Gehirn spielt vermutlich eine wichtige Rolle dabei, diese Informationen miteinander zu verbinden und der Wahrnehmung des Elefanten zuzuordnen.

3. Partys und andere Reizüberflutungen

Aufmerksamkeit

Tante Gertrude hasst Partys: »Ich verstehe nicht, warum ihr euch ständig auf irgendwelchen Partys herumtreiben müsst«, sagt sie zu ihren Nichten und Neffen. »Dieser Lärm, die Musik, alle reden durcheinander, man versteht sein eigenes Wort nicht, geschweige denn das seines Gegenübers. Man kann gar kein kultiviertes Gespräch führen. Ist das nicht entsetzlich?!« Zugegeben, mit Tante Gertrude will eh keiner auf eine Party gehen. Wer will schon ein »kultiviertes Gespräch« auf einer Party führen? Aber selbst, wenn man kein kultiviertes Gespräch führen will, irgendwas reden will man schon. Das allerdings funktioniert, wenn man sich die übliche Geräuschkulisse auf einer Party mal vor Augen (oder Ohren) führt, doch erstaunlich gut.

Selbst aus lautem Stimmengewirr können wir die Stimme unseres Gesprächspartners noch ganz gut herausfiltern. Wahrnehmungspsychologen haben dieses Phänomen deshalb den »**Cocktailparty-Effekt**« *genannt.*

Zunächst klingt das gar nicht so erstaunlich: Wie so oft erscheint uns die Leistung, die unser Gehirn bei der Wahrnehmung vollbringt, völlig selbstverständlich und mühelos. Aber stellen wir uns einmal vor, ein Spracherkennungsprogramm sollte diese Aufgabe lösen. Spracherkennungsprogramme sind heutzutage schon verdammt gut. Ausgereifte Versionen schaffen es nach etwas Training mit einem bestimmten Sprecher nahezu perfekt, gesprochene Worte in geschriebenen Text zu überführen. Würde man aber einem solchen Programm die Aufgabe stellen, die Worte desselben Sprechers in einem Gewirr mehrerer Stimmen zu »verstehen« – also das, was wir auf Partys mühelos meistern –, so würde auch das modernste Spracherkennungsprogramm kläglich scheitern.

Der Cocktailparty-Effekt ist ein eindrucksvolles Beispiel dafür, wie unser Gehirn es schafft, aus einer Vielzahl von Sinnesreizen die aktuell relevante Information herauszuheben.

Dieser Vorgang wird sowohl umgangssprachlich als auch in der Sprache der Wahrnehmungspsychologen und Hirnforscher mit dem Begriff »Aufmerksamkeit« bezeichnet. Um also den Worten eines bestimmten Sprechers in einem Stimmengewirr folgen zu können, müssen wir unsere Aufmerksamkeit auf diese eine Stimme richten. Das bedeutet, dass unser Gehirn diese Reize bevorzugt verarbeitet. Andere gleichzeitig vorhandene Reize werden unterdrückt. Aus der Vielzahl der Reize, der unsere Sinnesorgane ständig ausgesetzt sind, werden also bestimmte Informationen ausgewählt.

Gehen wir noch mal zurück auf die Party. In dieser Situation wird unser Gehirn geradezu mit Reizen bombardiert. Da ist das Stimmengewirr *(Sprechen, Kichern, Lachen, Schreien, Rülpsen…)*, dazu noch die Musik *(der DJ geht so)*, die Wohnungsklingel *(jetzt schon die Polizei?)*, ein Glas fällt runter *(war nur von Ikea)*, ein Sektkorken knallt *(Hilfe!)*, ein Handy klingelt *(was für ein uncooler Klingelton!)*.

Auch optische Reize gibt es im Überfluss: Ständig laufen Leute an uns vorbei *(ist das nicht der Typ aus der Parallelklasse?)*; rechts hinten zieht ein anderer Typ eine Show ab und fuchtelt wie wild umher *(so ein Wichtigtuer!)*; und der Gastgeber hat offenbar einiges in die Beleuchtung investiert *(Lichtshow: Prädikat »Ganz ordentlich«)*. Aber auch un-

sere anderen Sinne werden ständig beansprucht: Tastsinn *(jemand rempelt Dich beim Tanzen an, Du registrierst das kaum und weichst automatisch aus);* Geruchssinn *(schon mal was von einem Deo gehört?)* und Geschmackssinn *(die Bowle ist viel zu süß!).*

Und dabei kannst Du Dich unterhalten? Das ist eine bemerkenswerte Leistung Deines Gehirns und wir wollen uns mal näher ansehen, wie das funktioniert.

Unser Gehirn kann nur eine begrenzte Menge an Informationen verarbeiten. Es ist ganz ähnlich wie mit der Netzhaut unserer Augen: Nur in einem kleinen zentralen Bereich unseres Gesichtsfeldes können wir richtig scharf sehen. Abhilfe schaffen hier die Sakkaden, also das schnelle Umherspringen der Augen von Punkt zu Punkt, wodurch das Blickfeld abgescannt wird.

Ähnlich wie wir nur einen kleinen Teil unseres Gesichtsfeldes scharf sehen können, so können wir auch aus der Gesamtheit der Sinnesreize immer nur einen kleinen Teilausschnitt präzise und detailgenau verarbeiten. Dabei hilft uns die **Aufmerksamkeit***, die häufig mit einem Spot-Scheinwerfer verglichen wird: Die Sinnesreize, auf die der Spot gerade gerichtet ist, werden in unserer Wahrnehmung hervorgehoben, während die übrigen Reize ausgeblendet werden.*

Einen solchen Aufmerksamkeits-Spot gibt es nicht nur für das Sehen, sondern für alle Sinne. Wir können den Spot also auch auf einen akustischen Reiz, wie die Stimme unseres Gegenübers auf der Party, richten.

Wie wählt das Gehirn nun aus der Vielzahl der Sinnesreize die wichtigen Reize aus? Und welche Reize sind überhaupt wichtig? Wenn Du Dich auf der Party mit jemandem unterhältst, dann lenkst Du Deine Aufmerksamkeit auf die Stimme dieser Person, weil Du damit ein bestimmtes Ziel verfolgst. Unabhängig davon, welche Ziele Du noch so verfolgst (hängt wahrscheinlich davon ab, wie süß Du Dein Gegenüber findest), zunächst mal hast Du das Ziel, die Worte dem richtigen Sprecher zuzuordnen und ihn zu verstehen. Dein Aufmerksamkeits-Spot hebt die Worte Deines Gesprächspartners hervor, während die anderen Reize, die beim Erreichen Deines Ziels nur stören, unterdrückt werden. Man spricht in diesem Fall von **zielgerichteter Aufmerksamkeit**.

Zielgerichtete Aufmerksamkeit bedeutet, dass Du Deine Aufmerksamkeit willentlich auf bestimmte Reize richtest, weil sie für Deine aktuellen Ziele und Bedürfnisse relevant, das heißt bedeutsam sind.

Experiment

Wenn Du ausprobieren willst, wie gut die Unterdrückung von irrelevanten Informationen funktioniert, dann sieh Dir mal dieses Video im Internet auf YouTube unter dem Stichwort »selective attention test« an: http://www.youtube.com/watch?v=vJG698U2Mvo.

Ob Reize für uns relevant sind, hängt aber nicht nur von unseren aktuellen Zielen und Bedürfnissen ab. Stell Dir vor, dass während Deiner Unterhaltung auf der Party plötzlich jemand »Feuer!« ruft. Eigentlich hattest Du in diesem Moment gerade nur ein Ziel: Du wolltest unbedingt mehr über diese nette Person erfahren. Trotzdem könnte die Information, dass es brennt, für Dich bedeutsam sein. Diese Situation ist ein Fall für die andere wichtige Form der Aufmerksamkeit, nämlich die **reizgesteuerte Aufmerksamkeit**.

Die reizgesteuerte Aufmerksamkeit kommt immer dann zum Einsatz, wenn etwas Unerwartetes passiert. So wird der »Feuer!«-Ruf ganz automatisch Deine Aufmerksamkeit von jedem auch noch so charmanten Gesprächspartner abziehen, genauso wie wenn auf einmal jemand eine Flasche Bier über Deinem Kopf entleert oder wenn plötzlich Angela Merkel auf der Party auftaucht.

Für die reizgesteuerte Aufmerksamkeit reicht es aber auch schon aus, wenn sich ein Reiz von seiner Umgebung abhebt. Auf einer Party mit dem Motto »Nacht der Untoten«, auf der alle schwarz gekleidet sind, würde eine Person mit knallbuntem Outfit eher deine Aufmerksamkeit auf sich ziehen, als wenn das Motto »Karneval in Rio« lautet.

Experiment

Wie effektiv die reizgesteuerte Aufmerksamkeit funktioniert, kannst Du an diesem Beispiel sehen. In dem linken Feld sticht Dir der Kreis sofort ins Auge. Rechts musst Du mindestens ein paar Sekunden suchen, ehe Du denselben Kreis findest.

Immer wenn **Reize** *besonders auffällig oder unerwartet sind, so könnte das für uns bedeuten, dass wir auf sie reagieren sollten. Unser Gehirn will auf keinen Fall etwas Wichtiges übersehen. Deswegen funktioniert die reizgesteuerte Aufmerksamkeit ganz automatisch, also ohne willentliche Steuerung.*

Unser Gehirn ist ständig mit der äußerst schwierigen Aufgabe beschäftigt, das Gleichgewicht zu halten zwischen zielgerichteter Aufmerksamkeit *(die nette Partybekanntschaft)* einerseits und reizgesteuerter Aufmerksamkeit *(ein Warnruf)* andererseits. Wie Du in der Abbildung S. 39 sehen kannst, werden Sinnesreize – hier beispielhaft für das Sehen dargestellt – von den Sinnesorganen über Schaltstationen in der Tiefe des Gehirns an die Großhirnrinde weitergeleitet.

Unseren fünf Sinnen sind jeweils bestimmte Bereiche der Großhirnrinde zugeordnet, die sogenannten sensorischen (lat. sensus = Sinn) Rindenareale. Visuelle Reize werden zum Beispiel überwiegend in der »Sehrinde« im Hinterhauptslappen des Großhirns verarbeitet. Die Sehrinde ist wiederum in Areale untergliedert, in denen bestimmte Reizeigenschaften bevorzugt verarbeitet werden. Zum Beispiel gibt es ein Areal, in dem überwiegend Farben verarbeitet werden, während andere Areale auf die Verarbeitung von Bewegung oder von Gesichtern besonders spezialisiert sind.

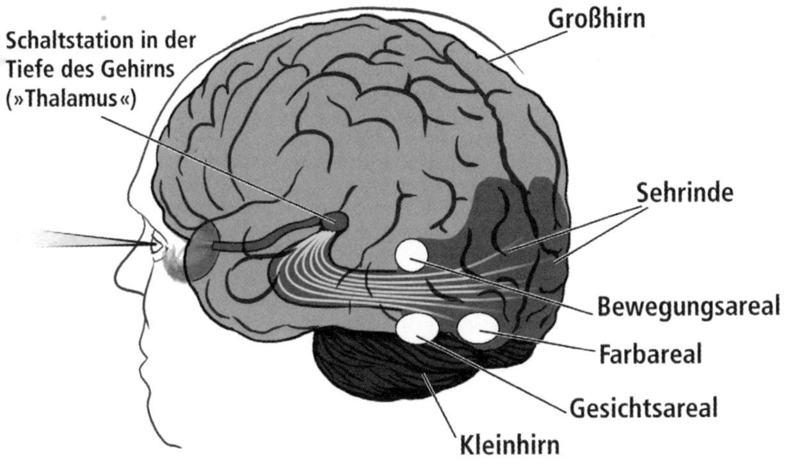

Wenn wir nun unsere Aufmerksamkeit auf die Erkennung von Farben richten, wie etwa bei der Suche eines Freundes mit roter Jacke im Partygetümmel, dann werden Nervenzellen im Farbareal verstärkt aktiv. Sie werden in Alarmbereitschaft versetzt, um für die Registrierung roter Farbe besonders empfindlich zu sein. Dagegen wird die Aktivität von Nervenzellen im Bewegungsareal heruntergefahren, denn Bewegungssignale würden bei der Suche Deines Freundes eher stören. Die Aktivität in diesen Arealen der Sehrinde unterliegt wiederum dem Einfluss sogenannter »höherer« Hirnregionen in Stirn- und Scheitellappen (siehe Hirnatlas in der Umschlagklappe), die bei der Planung und Steuerung von Verhalten eine wichtige Rolle spielen. Man spricht daher bei zielgerichteter Aufmerksamkeit auch von einem *»top down«*-Prozess, das bedeutet, er läuft »von oben nach unten« ab.

Zieht dagegen ein äußerer Reiz unsere Aufmerksamkeit auf sich, so wie der Warnruf »Feuer!«, so wird schon durch den Reiz an sich die Aktivität in sensorischen Rindenarealen verstärkt. Durch dieses Signal werden wiederum die höheren Hirnregionen auf den Plan gerufen. Sie haben dann mit der Entscheidung zu tun, ob der registrierte Reiz relevant ist: Soll ich schnell davonlaufen, wenn jemand »Feuer!« ruft, oder soll ich mich einfach in Ruhe weiter unterhalten? Dein Gehirn entscheidet also: Müssen die aktuellen Ziele und entsprechend auch das Verhalten angepasst werden? Man spricht dabei auch von einem *»bottom up«*-Prozess (»von unten nach oben«).

Der Cocktailparty-Effekt ist nur ein Beispiel, das zeigt, wie effektiv die Aufmerksamkeit unsere Wahrnehmung steuern kann. Meistens erledigen sich diese Dinge fast von selbst und wir kriegen gar nichts davon mit.

Manchmal aber kostet die Steuerung der Aufmerksamkeit auch viel Mühe und Konzentration: Wenn Du versuchst, Deine Mathehausaufgaben zu machen, während der Fernseher läuft, ist Dein Gehirn ständig damit beschäftigt, die Aufmerksamkeit auf die Aufgaben zu richten. Gleichzeitig müssen die Reize, die vom Fernseher ausgehen, ausgeblendet werden. Allerdings nicht komplett: Du könntest ja den Beginn Deiner Lieblingsserie verpassen.

4. Warum wir uns nicht selber kitzeln können

»Selbst« und »fremd«

Bist Du kitzelig? Klar – wer nicht? Aber zum Kitzeln braucht es immer einen Zweiten. Ist das nicht merkwürdig?

Experiment

Du berührst Dich mit dem Finger ganz leicht an der Fußsohle. Was spürst Du?

Dann lässt Du dasselbe von einem Freund oder einer Freundin machen, am besten ohne selbst hinzusehen, und das Ergebnis ist ein völlig anderes …

Nun gelten Wissenschaftler ja eher als humorlose Nerds mit wirren Haaren und daumendicken Brillengläsern – aber es gibt auch Kitzelwissenschaftler. Zum Beispiel die Neurowissenschaftlerin **Sarah-Jayne Blakemore** und ihre Kollegen stellten sich genau die Frage, die sich jedes Kind schon einmal gestellt hat: Warum können wir uns eigentlich nicht selber kitzeln?

Um dieser Frage nachzugehen, verwendeten sie die

funktionelle Magnetresonanztomografie, kurz fMRT genannt (siehe Infobox Seite 46). Mittels fMRT untersuchten die Wissenschaftler die **Hirnaktivität** bei freiwilligen, gesunden Versuchspersonen. Während des Experiments wurden die Versuchspersonen manchmal von Sarah-Jayne gekitzelt und manchmal wurden sie aufgefordert, sich selbst zu kitzeln. So konnte untersucht werden, wie sich die Aktivität des Gehirns während des Gekitzelt-Werdens von der Aktivität während des Sich-selber-Kitzelns (was nicht wirklich kitzelt) unterscheidet.

Die Durchführung eines solchen Experiments – so einfach es zunächst erscheinen mag – hat allerdings einige Tücken. Wie kann man zum Beispiel sicherstellen, dass die Intensität der Berührung des Sich-selber-Kitzelns und der des Gekitzelt-Werdens genau gleich ist? Die Kitzelintensität in den beiden Versuchsbedingungen muss identisch sein, nur dann können die Unterschiede in der Hirnaktivität zwischen den Versuchsbedingungen sicher darauf zurückgeführt werden, dass es einmal kitzelt und das andere Mal nicht.

Die Kitzelwissenschaftler lösten dieses Problem sehr elegant durch eine speziell angefertigte Kitzelvorrichtung. Das Herzstück dieser Vorrichtung war eine kleine Schaumstoffzunge, die durch die Betätigung zweier Hebel in genau derselben Weise bewegt werden konnte, um den Versuchsteilnehmer an der Handinnenfläche zu kitzeln. Den einen Hebel bediente einer der Wissenschaftler (gekitzelt werden ➤ Kitzel). Den anderen Hebel bediente der Versuchsteilnehmer selbst, natürlich mit der Hand, die nicht gekitzelt wurde (selber kitzeln ➛ kein Kitzel). Die Berührung der Handinnenfläche durch die Schaumstoffzunge war in beiden Fällen identisch.

Unterschiede in der Hirnaktivität fanden sich genau in der Region der Hirnrinde, in der Berührungsreize verarbeitet werden, in der sogenannten **somatosensorischen Hirnrinde** (siehe Hirnatlas). Somatosensorisch ist ein aus dem Altgriechischen *(soma* = Körper) und dem Lateinischen *(sensus* = Gefühl) zusammengebasteltes Wort, das Körperwahrnehmung meint. In der somatosensorischen Hirnrinde wurde eine dramatische Zunahme der Hirnaktivität beobachtet, wenn die Versuchsteilnehmer gekitzelt wurden. Aber wenn sie sich selbst kitzelten, erhöhte sich die neuronale Aktivität kaum, obwohl die Berührung genau dieselbe war, wie wenn die Versuchsteilnehmer gekitzelt wurden. Und genau darin scheint der Grund dafür zu liegen, dass man keine Kitzelwahrnehmung hat, wenn man sich selbst berührt:

Hirnaktivität, die durch eigene Berührungen zustande kommt, wird automatisch unterdrückt.

Diese Unterdrückung von Reaktionen auf Berührungen, die durch uns selbst hervorgerufen wurden, kommt dadurch zustande, dass das Gehirn bei der Ausführung einer Bewegung bereits »weiß«, welches Ergebnis diese Bewegung haben wird. Das Wort »weiß« ist hier in Anführungsstriche gesetzt, weil das Gehirn an sich ja eigentlich nichts wissen kann. Wir als Personen können etwas wissen, nicht aber eines unserer Organe (auch wenn es sicherlich entscheidend daran beteiligt ist, wenn wir etwas wissen). Dennoch: Wenn in Deiner motorischen Hirnrinde – dem Teil des Gehirns, das für Bewegungen zuständig ist – eine Bewegung Deiner rechten Hand ausgelöst wird, so macht Dein Gehirn gleichzeitig eine Vorhersage darüber, wie sich diese Bewegung anfühlen wird und was sie für Konsequenzen haben wird. Im Falle des Sich-selber-Kitzelns wird durch die Vorhersage der eigenen Kitzelbewegung die Reaktion auf diese Berührung unterdrückt.

Dieser Mechanismus bildet die Grundlage für die Unterscheidung zwischen Reizen, die von außen kommen, und solchen, die durch uns selbst zustande kommen.

Warum aber ist diese Unterscheidung zwischen »**selbst**« und »**fremd**« so wichtig?

Wie wir im vorhergehenden Kapitel gesehen haben, werden unsere Sinne ständig mit einer schier unendlichen Zahl von Reizen bombardiert und es ist eine äußerst schwierige Aufgabe für das Gehirn, daraus die für uns wichtigen Reize herauszufiltern. Es gibt aber eine Klasse von Reizen, die für die Verhaltensanpassung an die Gegebenheiten der Umwelt in der Regel unwichtig sind. Das sind diejenigen Reize, die durch unsere eigenen Handlungen ausgelöst werden. Diese Reize sind vorhersagbar und machen normalerweise keine Anpassung unseres Verhaltens nötig. Verspürst Du am rechten Arm unerwartet eine Berührung, so wirst Du schauen wollen, ob da ein Marienkäfer sitzt oder aber ein Skorpion. Wenn aber die Berührung am rechten Arm durch eine eigene Bewegung, zum Beispiel Deiner linken Hand, zustande kommt, so ist dieser Berührungsreiz vorhersagbar und Du musst nichts tun.

Es ist also durchaus sinnvoll, die Registrierung solcher vorhersagbaren Reize von vorneherein zu unterdrücken, damit unsere wertvollen Aufmerksamkeitsressourcen nicht für etwas vergeudet werden, was wir ohnehin schon wissen. Stell Dir vor, Du wärst bei jedem Schritt, den Du gehst, davon überrascht, dass Dein Fuß den Boden berührt. Du könntest wohl kaum im Gehen ein Gespräch führen, geschweige denn auf die Gefahren des Verkehrs achten oder – denken wir an unsere Vorfahren in der Steinzeit und das Leben in der Wildnis – gefährlichen Raubtieren rechtzeitig aus dem Weg gehen.

Ein Fenster zum Gehirn: »fMRT«

Was sich Hirnforscher schon seit jeher wünschen, ist ein Fenster zum Gehirn: Wie können wir dem Gehirn bei der Arbeit zusehen, ohne es zu sehr bei der Arbeit zu stören?

Der direkte Weg zur Messung von Hirnaktivität wäre die Ableitung der elektrischen Spannungsänderungen direkt an der Membran von Nervenzellen (siehe S. 28, Der neurale Code). Dazu müsste man allerdings Elektroden in das Gehirn eines Menschen einbringen, was natürlich aus ethischen Gründen nicht vertretbar ist.

Seit Anfang der 1990er-Jahre steht Hirnforschern eine Methode zur Verfügung, mit der man die Aktivität des Gehirns nicht invasiv - also ohne in das Gehirn einzudringen - messen kann: Die **Magnetresonanztomografie (MRT)**. MRT ist zunächst eine Methode, mit der man ohne die Verwendung von Röntgenstrahlen die Struktur des Gehirns und anderer Körperteile untersuchen kann. MRT-Geräte bestehen zum größten Teil aus einer riesigen Spule, in deren Inneren ein starkes Magnetfeld herrscht. Das Innere dieser Spule ist die »Röhre«, in die man zur Untersuchung hineingefahren wird.

MRT basiert darauf, dass die Wasserstoffatome der Körpergewebe sich in dem starken Magnetfeld zunächst parallel zum Magnetfeld ausrichten. Werden sie durch ein Radiosignal in Schwingung versetzt, kehren sie danach wieder in ihren ursprünglichen Zustand zurück. Dabei senden sie ein Signal aus, das von empfindlichen Antennen im MRT-Gerät gemessen wird. Da Gewebe mit unterschiedlichem Wassergehalt unterschiedliche Signale abgeben, kann daraus ein Schnittbild durch den Körper berechnet werden.

Mit einer speziellen Form der MRT, der **funktionellen MRT (fMRT)**, kann nicht nur die Struktur sondern auch die Funktion des Gehirns gemessen werden. fMRT

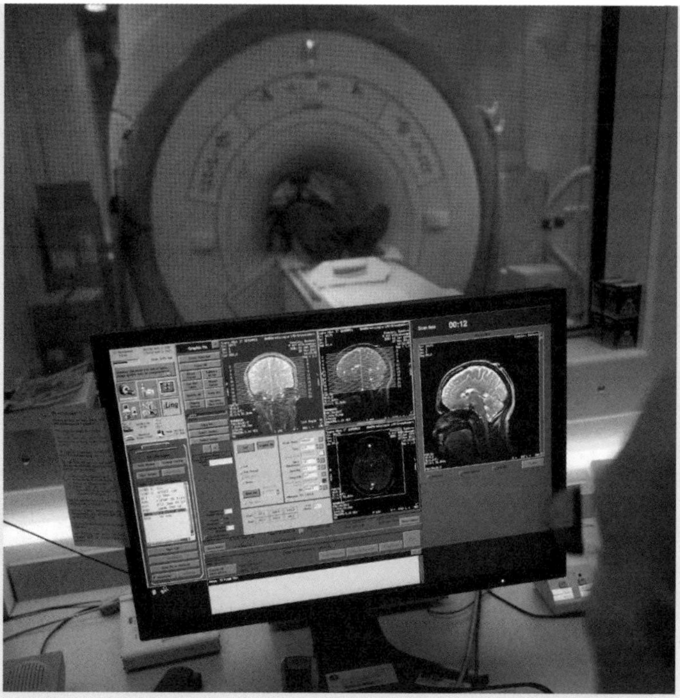

basiert nicht auf der direkten Messung der elektrischen Aktivität von Nervenzellen, sondern auf der Messung von lokalen Blutflussänderungen, wenn Nervenzellen aktiv sind.

Wenn Nervenzellen aktiv sind, haben sie einen erhöhten Sauerstoff- und Glucosebedarf. Deshalb wird in aktivierten Hirnregionen automatisch die Durchblutung erhöht. Was dann letztlich gemessen werden kann, ist die damit verbundene Änderung der Sauerstoffbindung im Blut. Der rote Blutfarbstoff, das Hämoglobin, trägt in seinem Inneren ein Eisenmolekül, das seine magnetischen Eigenschaften verändert, wenn Sauerstoff daran gebunden ist. Diese feinsten magnetischen Änderungen sind es, die das fMRT-Signal an den Stellen, wo das Gehirn gerade aktiv ist, verändern.

Zeigt man zum Beispiel einem Versuchsteilnehmer abwechselnd ein Schachbrettmuster und einen leeren Bildschirm, so kann man in der Sehrinde im hinteren Teil des Gehirns während der Präsentation des Schachbrettmusters einen deutlichen Anstieg des fMRT-Signals messen. Man kann nun Hirnfunktionen kartieren, indem man während der fMRT-Messung den Versuchsteilnehmer bestimmte Aufgaben lösen lässt und misst, in welchen Hirnregionen die Aktivität dabei zunimmt.

Ein Nachteil von fMRT ist, dass man damit eben nicht direkt die Aktivität der Nervenzellen misst, sondern nur die Blutflussänderungen, die damit einhergehen. Wir wissen heute, dass zwischen der Nervenzellaktivität in einer Hirnregion und dem dort gemessenen fMRT-Signal ein enger Zusammenhang besteht. Dennoch handelt es sich nur um eine **indirekte Messmethode**, sodass immer eine gewisse Unsicherheit bleibt, welche Nervenzellaktivität genau dem gemessenen Signal zugrunde liegt. Natürlich kann man auch nicht die Aktivität einzelner Nervenzellen messen, da hierfür die räumliche Auflösung der fMRT nicht ausreicht. Also misst man immer die Aktivität vieler Tausend Nervenzellen in einer Hirnregion.

Eine weitere wichtige Einschränkung besteht auch in einer relativ schlechten zeitlichen Auflösung der fMRT: Aktivitätsänderungen, die innerhalb von Hundertstelsekunden nacheinander auftreten, können nicht voneinander getrennt werden. Das liegt daran, dass die Blutflussänderungen relativ langsam und mit ein paar Sekunden Verzögerung auftreten.

Über die genaue zeitliche Abfolge von Ereignissen im Gehirn, die ja oft innerhalb weniger hundert Millisekunden ablaufen, lässt sich also mit der fMRT kaum etwas herausfinden.

Trotz dieser Einschränkungen ist es natürlich faszinierend, dass wir mit fMRT dem ganzen Gehirn bei der Arbeit zusehen können, ohne dass dies für die untersuchte Person schädlich, riskant oder schmerzhaft ist. Die fMRT ist dadurch zu einer sehr wertvollen Methode für die Hirnforschung geworden.

Auf die Plätze,
fertig, los!

BEWEGEN UND FÜHLEN

5. Einfach mal loslassen

Reflexe

Nehmen wir einmal an, Du träumst, dass Euer Haus brennt und Du würdest im Schlafanzug aus Deinem Fenster im ersten Stock springen. Stell Dir den Sprung in Zeitlupe vor: Du fällst mit wehenden Haaren und ausgestreckten Fußspitzen Richtung Vorgarten und kommst, wenn alles gut geht, auf beiden Füßen auf. Deine Knie knicken ein, Deine Beine werden in den Hüften gebeugt und dann wirst Du, wie ein Reckturner nach dem finalen Sprung, wieder aufgerichtet, federst in den Beinen in die Abschlussstellung und die Feuerwehr klatscht Beifall.

So perfekt das aussieht – das hast Du nicht bewusst geplant und gemacht, oder? Deine Muskeln und Sehnen haben eine Einrichtung, die verhindert, dass sie überspannt werden, also in diesem Fall, dass die Knie und Hüften immer weiter gefaltet werden wie bei einem Knallfrosch. Die Muskeln haben also eine Art »Anti-Schwerkraft-System«. Was das Gehirn damit zu tun hat? Wenig, das Gehirn bleibt an diesen sehr schnell ablaufenden Reaktionen außen vor (manche Entscheidungen müssen eben ohne den Chef gemacht werden, besonders wenn sie schnell gehen sollen). Bei Notfällen muss der Körper manchmal reflexhaft reagieren. Und damit sind wir beim Thema **Reflexe.** Nerven sind natürlich auch beteiligt und die Fortsetzung des Gehirns nach unten: das Rückenmark. Wenn Du wissen willst, wie das mit den Reflexen geht, lies weiter.

Also: Wenn Du an Deinem nackten Oberschenkel heruntersiehst oder besser an dem eines Fußballprofis, dann siehst Du in der Mitte des Oberschenkels eine Rinne zwischen zwei Muskelbäuchen. Insgesamt hat der vordere Muskel am Oberschenkel vier Anteile (oder »Bäuche«), deswegen heißt er *Musculus quadriceps.* (Du ahnst es, der berühmte Muskel »Biceps« hat nur zwei Bäuche). Der *Musculus quadriceps* beginnt oben am Becken, Du kannst Anteile seines Beginns an der oberen Ecke Deines Beckenkamms tasten. Dann zieht er sich über den Oberschenkel, weiter über die Kniescheibe und setzt am Unterschenkel an. Kurz unter der Kniescheibe kannst Du seine Sehne tasten, sie läuft in der kleinen Rinne unterhalb der Kniescheibe entlang. Spannt sich dieser Muskel, streckt sich als Folge das Bein im Kniegelenk. Wenn ihr zu zweit seid, könnt Ihr jetzt ein kleines Experiment machen, notfalls geht es auch allein.

Experiment

Einer kreuzt die Beine elegant im Sitzen übereinander. Der andere klopft mit der Handkante oder den Kuppen der vier Finger auf die Sehne an der Stelle unter der Kniescheibe. Ein Neurologe nimmt dafür einen Reflexhammer. Wenn Ihr das gut macht, der eine richtig entspannt und der andere gut zielt, löst Ihr einen sogenannten **Quadricepsreflex** oder **Patellarsehnenreflex** aus.

Ihr könnt das immer wieder machen, der Reflex ermüdet nicht: Durch den Schlag auf die Sehne wird der Muskel plötzlich gedehnt – damit er sich nicht überdehnt, spannt er sofort dagegen. Das Bein wird im Kniegelenk gestreckt, also wird das Bein »gerade gemacht«.

Zurück zum Sprung aus dem brennenden Haus: Wenn Du auf dem Boden aufkommst wie oben beschrieben, wird Dein Knie durch eine Auswirkung von außen plötzlich gebeugt. Die kleinen Organe, die in der Muskelsehne unter dem Knie sitzen, die »Muskelspindeln«, feuern vermehrt Signale. Dadurch wird der Reflex ausgelöst, der wiederum den Muskel gegenspannen lässt. Zusätzlich wird ein anderer Muskel, jeweils der, der am Gelenk die gegenteilige Bewegung bewirkt (also am Knie beugt), gehemmt.

So einen einfachen Reflex nennt man **Eigenreflex:** *Der Ursprung liegt im Muskel (in der Muskelspindel). Das Nervensignal läuft über das Rückenmark, wird über eine Synapse verschaltet und läuft zurück. Der Effekt liegt wiederum im Muskel.*

Leider ist dies nur ein Teil der Geschichte. Bei anderen Bewegungen sind die Verschaltungen im Rückenmark komplizierter, wie die Fortsetzung der Geschichte vom Hausbrand zeigt.

Angenommen Du bist in Deinem Traum vom Hausbrand aus dem Fenster gesprungen und glücklich gelandet, alle sind gerettet, es gibt nur ein oder zwei kaputte Fensterscheiben zu beklagen und das Feuer ist gelöscht, da passiert etwas Dummes: Du trittst mit dem Fuß in eine Glasscherbe aus den kaputten Fenstern. Sofort ziehst Du Deinen Fuß zurück, beugst auch das Bein in der Hüfte und streckst das andere Bein, weil es jetzt das ganze Gewicht Deines Körpers halten muss.

Das alles, die automatisch wirkende Reaktion, ist auch ein Reflex. Er dauert aber etwas länger als der einfache Quadricepsreflex, den wir oben besprochen haben. Das liegt daran, dass jetzt mehr Umschaltstellen gebraucht werden: Schmerzfasern aus dem Fuß treten ins Rückenmark ein und werden mehrfach verschaltet, die Strecker des betroffenen Beines werden gehemmt, die Beuger aktiviert und am anderen Bein ist es umgekehrt.

Solche Reflexe, bei denen der Ursprung (Sensor) – also hier eine Schmerzfaser in der Haut des Fußes – und das reagierende Organ (Effektor) – also hier der Muskel – verschiedene Organe sind, nennt man **Fremdreflex.**

Das war kompliziert. Doch das sind nur zwei einfache Beispiele für Reflexe, einem einfachen Wechselspiel zwischen einer Sinneswahrnehmung und einer motorischen Antwort, umgeschaltet von einem zum anderen im Rückenmark.

Wenn Du jetzt die nächste Seite aufschlägst, dann ist diese Bewegung kein Reflex, sondern Du setzt ein ganzes Handlungskonzept um. Dabei kommt das Gehirn ins Spiel. Wie das geht, liest Du im folgenden Kapitel.

6. Action im Kopfkino

Bewegung

Wir sind ständig in Bewegung. Selbst wenn wir rumsitzen, schlagen wir ein Bein über das andere, rekeln uns oder öffnen den Mund zum Gähnen. Wenn wir eine Bewegung machen, dann sind im Hintergrund Systeme tätig, die unsere Gliedmaßen steuern. Im Kapitel über den Sprung aus dem Fenster hast Du etwas über reflektorische Bewegungen erfahren. Wie ist das aber mit **zielgerichteter Bewegung?**

Damit wir uns bewusst bewegen können, gibt es zahlreiche Leitungsbahnen vom Gehirn über das Rückenmark zu den Muskeln. Und es gibt zahlreiche Systeme, die von den Muskeln und der Haut ins Gehirn Rückmeldungen geben.

Nur über Rückmeldungen vom Körper an das Gehirn und andersherum funktioniert das Lernen von Bewegungen. Ohne sie würden wir uns im besten Fall weiter bewegen wie ein Neugeborenes.

Sagen wir, ein Fußballspieler führt einen Strafstoß aus. Er nimmt den Ball. Dreht ihn in seinen Händen und setzt ihn auf den Elfmeterpunkt. Er blickt zum Torwart, der ein bisschen hin und her zappelt, um den Schützen abzulenken. Der Schütze geht zurück und bleibt einen Moment stehen. Er überlegt, in welche Ecke er schießen soll, ob er den Ball flach schießen oder anheben soll, er spürt seinen rechten Fuß, den Innenrist, den Spann. Dabei fließen eine Reihe von Erfahrungen in seine Überlegungen mit ein: wie er den letzten Elfmeter verwandelt hat, ob er von einer Schwäche des Torhüters gehört hat, dass er mit der Stellung seines Beckens zum Ball nicht die Schussrichtung verraten will usw. Er hört den Pfiff, nimmt vier Meter Anlauf, schießt mit dem rechten Spann in die linke obere Ecke und reißt zum Jubeln die Arme hoch.

Fachchinesisch könnte man das auch so schreiben:

»Der Ball wird durch eine verstärkte monosynaptische Alpha-Aktivierung der Armhebung in den Händen gehalten, ventromediale Bahnen des Rückenmarks rubrospinaler Herkunft führen zur Spannung der Körperhaltung, supplementärmotorische und prämotorische Areale bündeln ihre Impulse zusammen mit posterior-parietalen Informationen über die jetzige Köperstellung zu einem Bewegungsentwurf, der über das Kleinhirn die Ausführung der kommenden Bewegung plant. Über die motorische Schleife der Basalganglien summiert sich schließlich das Signal und die Bewegungsfolge wird in Muskelbewegungen übersetzt und ausgeführt.«

Jetzt mal vereinfacht (nach dem KISS-Prinzip: »keep it simple and straight«): *Um eine Bewegung auszuführen, gibt es im Gehirn* **Arbeitsteilung**. *Es gibt eine Abteilung für die Strategie, eine für Taktik und eine für die Ausführung. Sie arbeiten alle drei eng zusammen.*

Einen wichtigen Schritt zur Lösung der Frage, woher Bewegung im Gehirn gesteuert wird, machte der Neurochirurg **Wilder Penfield** Anfang des 20. Jahrhunderts: Er stimulierte die Hirnoberfläche während Gehirnoperationen mit niedrigen Stromstärken. An den meisten Stellen waren die Ergebnisse enttäuschend, aber in einem Bereich, der sogenannten primären motorischen Rinde, provozierte er mit der Stimulation Muskelzuckungen. Dabei löste jeder Stimulationsort eine andere Stelle im Körper aus, an der es zuckte. Diese Zuordnungen zeichnete er auf. Dadurch erhielt er eine Art »Gehirnkarte«, die zeigt: Bereiche, die sich sehr differenziert bewegen, wie zum Beispiel die Finger oder die Zunge, nehmen eine größere Fläche im Gehirn ein als das Knie, das ja nur beugen oder strecken kann. (Siehe auch Abbildung S. 62.)

Wie bei allen Abläufen im Gehirn sind die Bereiche, die eine Bewegung im Gehirn auslösen, eng verbunden mit anderen Bereichen. Wir wissen heute aus Experimenten mit funktioneller Bildgebung *(fMRT, siehe Seite 46)*, dass zum Beispiel der Bereich für Bewegung sogar dann aktiviert wird, wenn wir uns eine Bewegung nur vorstellen! Genauso ist das, wenn wir uns diese Bewegung bei jemand anderem vorstellen. Das heißt: Auch ein mentales Training, also »Trockentraining«, hat einen Trainingseffekt. Ein Klavierspieler kann auch üben, indem er sich das zu spielende Stück und seine Fingerbewegungen genau vorstellt. Der Komponist Franz Liszt hatte auf den langen Postkutschfahrten eine Holzklaviatur bei sich. Auch Hochspringer oder Golfspieler können das nutzen. Aber das reicht natürlich nicht: Vom Fußballglotzen und auch von Playstation mit FIFA 2014 wird man kein besserer Spieler, auch wenn viele Fußballzuschauer denken, sie könnten alles besser.

7. Das Monster bist Du

Kartierung im Gehirn

Was hat riesige Hände und einen Mund so groß wie das ganze Restgesicht? Der Homunculus – auf Deutsch:

Menschlein. Das ist aber keine Horrorfigur aus dem zwölften Band von Harry Potter, sondern ein Abbild Deines Selbst im Gehirn.

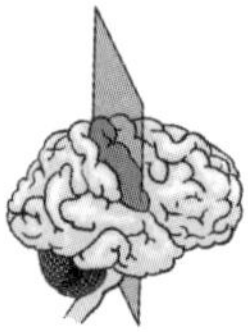

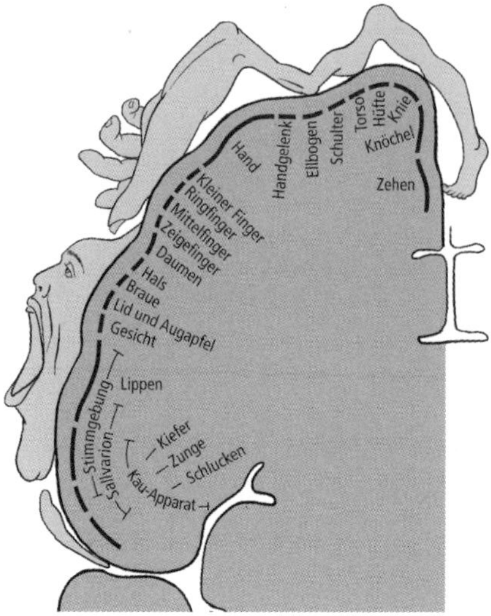

Motorische Hirnrinde

Dieser Homunculus zeigt die **motorische Hirnrinde**, das heißt die Bereiche des Gehirns, die an der Auslösung von Bewegung wesentlich beteiligt sind. Gesicht und Hände nehmen, wie bereits beschrieben, einen besonders großen Bereich ein – kein Wunder, sie machen ja auch besonders viele und differenzierte Bewegungen, oder? Na, wirst Du sagen, wurde denn das Fußareal im Homunculus von Lionel Messi im Laufe seiner Entwicklung größer? Das wurde nicht untersucht, aber es ist wahrscheinlich. Die Kartierung des Gehirns verändert sich je nach Verhalten, das gilt für Musiker, für Tennisspieler, aber wahrscheinlich

auch für Jugendliche, die täglich stundenlang Computerspiele machen. Gut gezeigt worden ist das zum Beispiel für Blinde, die die Blindenschrift erlernen: Das Areal im Gehirn, welches für das Fühlen der Fingerspitze »verantwortlich« ist, wird während des Lernprozesses größer.

Die Impulse aus dem Gehirn sorgen letztlich dafür, dass sich die Muskeln zusammenziehen und Du die Bewegung ausführst. Aber: Die Nervenimpulse fließen ja nicht nur in die eine Richtung, vom Gehirn Richtung Muskulatur, sondern auch zurück: zum Beispiel von Deinem Finger über das Rückenmark ins Gehirn. Wenn Du mit dem Zeigefinger das Touchpad Deines Computers berührst, wirst Du registrieren, wie glatt und kühl es sich anfühlt. Wäre das Touchpad aus Holz oder Aluminium, Du könntest es erspüren.

Allein für mechanische Reize auf der Haut, wie Dehnung, Druck und Vibration, sind verschiedene kleinste Empfänger zuständig, die zum Beispiel »Ruffini-Körperchen« oder »Merkel-Tastscheiben« heißen. Direkt unter der Haut liegen auch freie Nervenendungen. Diese **Rezeptoren** sorgen dafür, dass Nervenimpulse von Deinem Finger über das Rückenmark ins Gehirn geleitet werden. Manche davon sind so schnell wie ein Formel-1-Bolide, andere langsam wie ein Spaziergänger. Je nachdem, was Dein Finger gerade erlebt, werden diese Reize schnell oder langsam durch das Rückenmark geleitet.

Im **Rückenmark** geht es geordnet zu: Manche Fasern, vor allem die für Berührung, verlaufen hinten, andere, zum Beispiel für Temperatur und Schmerz, weiter vorn im Rückenmark. Die Impulse von Deinem rechten Finger werden im Verlauf nach links geleitet (und umgekehrt), werden verstärkt, laufen dann über eine wichtige Schaltstation im Gehirn (den »Thalamus«, griechisch für »Kammer«. siehe Hirnatlas vorne), bis zur **Hirnrinde**. So. Und an der Hirnrinde kommen die Impulse ebenfalls geordnet an: an einer Stelle die für das rechte Bein, an anderer die für den rechten Arm, für den Mund, die Finger usw. Und deshalb weißt du – ohne hinzugucken –, ob Dein Zeigefinger gerade in der Nase steckt oder mit seinen Fingerkollegen eine Faust macht.

Also: Dein Körper spürt etwas und die Impulse landen im Gehirn. Wenn man nun all die Stellen aufzeichnet, wo die Impulse im Gehirn ankommen, erhält man wieder eine »Gehirnkarte«, die an einen kleinen Menschen erinnert –

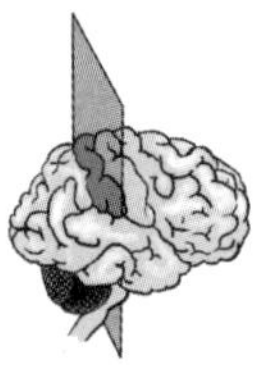

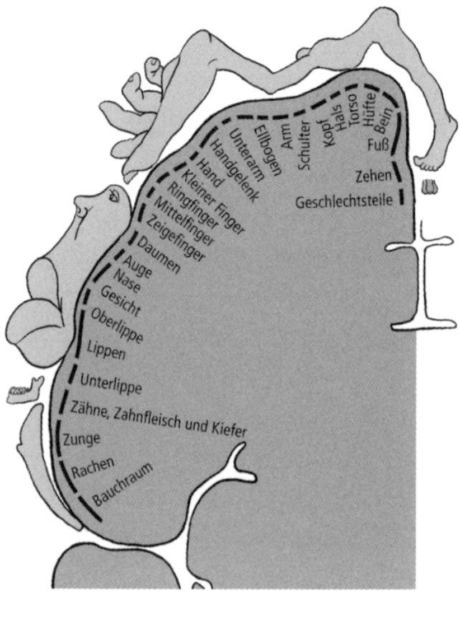

Somatosensorische Hirnrinde

aber diesmal zeigt sie das Fühlen: Die Stellen im Gehirn, an denen viele Empfänger für Empfindungen sind, sind größer als jene, wo diese Rezeptoren seltener sind. Also: Die Zunge und die Fingerspitzen, die besonders feinfühlig sind, sind relativ größer als der Rücken.

Nach Feierabend im Krankenhaus

Mein Kollege Chris Kell und ich blätterten während eines Nachtdienstes in einem Anatomie-Buch herum. Dort war eine Abbildung des Homunculus zu sehen. Vielleicht weil wir müde waren und wir länger auf das Bild starrten, fiel uns plötzlich etwas auf: An der Stelle im Gehirn, an der die Spürinformation zusammenkommt, liegt zwar, wie im richtigen Leben, die Zunge bei den Lippen und diese wieder im Gesicht, und der Kopf sitzt auf dem Rumpf, aber … die Genitalien sind unter dem Fuß eingezeichnet! Wieso das denn?

Wir suchten uns Bücher. Auf den meisten der Abbildungen war der Penis unter den Füßen eingezeichnet, auf ein paar anderen gar nicht. Einen Artikel zum Thema fanden wir: Vielleicht, mutmaßte die Autorin, sind sie dort im Gehirn repräsentiert, weil man als Fötus in einer Art Hockstellung im Mutterleib liegt, die Füße dicht am Po. Wir besorgten uns also die Originalarbeit des Chirurgen **Wilder Penfield**, der diese Zusammenhänge erforscht hatte. Da wurde uns klar, dass gerade mal 3 der 400 von ihm untersuchten Patienten sich zu diesem Thema geäußert hatten!

Also machten wir uns nach Feierabend an die Arbeit. Acht Männer mit ein paar Zahnbürsten, bereit für ein seltsames Experiment: Im Kernspintomografen untersuchten wir unsere Gehirne, während ein anderer uns mit einer Zahnbürste (Dr. Best, weich) am Fuß und am Penis berührte. Wir konnten so indirekt sehen, wo die Signale im Kopf ankommen. Und siehe da: Die Signale für Fuß und für Penis kommen an ganz verschiedenen Stellen an, nämlich da, wo man sie eigentlich vermuten würde!

Experiment

Fülle drei Eimer mit Wasser: rechts eiskalt, links heiß und in der Mitte lauwarm. Stecke für eine Minute die rechte Hand in das eiskalte und die linke in das heiße Wasser. Dann stecke beide in den mittleren Eimer. Wie fühlen sich die Hände an?

Die rechte Hand, die aus dem kalten Wasser kommt, fühlt sich jetzt warm an, die linke aus dem heißen Wasser, fühlt sich kalt an, obwohl sie beide im gleichen Eimer stecken. Das bedeutet, dass unsere »Thermorezeptoren« (das sind freie Nervenendigungen in der Haut, die für die Wahrnehmung von Temperatur sorgen) nicht wie ein Thermostat die absolute Temperatur an das Gehirn weiterleiten, sondern eine Temperaturänderung. Taucht am Anfang eine Hand in das kalte Wasser, »feuern« die Kälterezeptoren, bei der Hand, die ins heiße Wasser getaucht wird, »feuern« die Wärmerezeptoren. Tauchst Du jetzt beide Hände in den mittleren Eimer, »feuern« die jeweils anderen Rezeptoren der Hände, weil es der vormals kalten Hand jetzt relativ warm, der vormals heißen Hand jetzt relativ kalt ist.

Botenstoffe im Gehirn - Neurotransmitter und Synapsen

Die Weiterleitung von Informationen über Nervenzellen und deren Ausläufer erfolgt durch Aktionspotentiale, also kurze und immer gleich ablaufende Änderungen der elektrischen Spannung an der Nervenzellmembran. (Siehe auch S. 29, Der neurale Code.) Wie aber funktioniert die **Signalübertragung** von einer Nervenzelle zur anderen?

Die Signalübertragung findet an Kontaktstellen zwischen Nervenzellen statt, den **Synapsen**. Aktionspotentiale können den synaptischen Spalt nicht einfach überspringen, denn sie können immer nur entlang einer

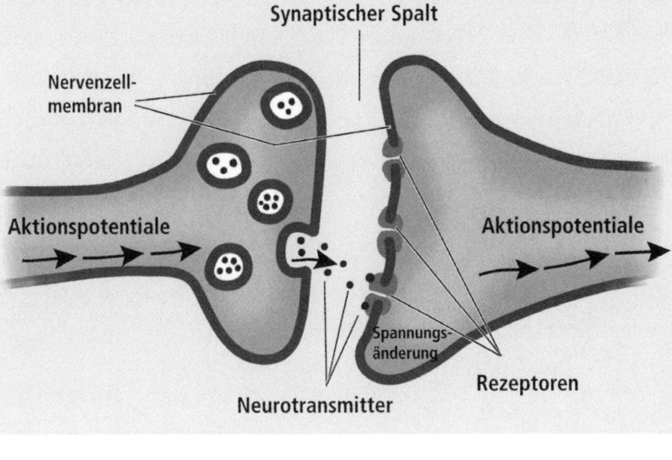

Nervenzellmembran weitergeleitet werden. Die Übertragung von Signalen von einer zur anderen Nervenzelle funktioniert über Botenstoffe, sogenannte **Neurotransmitter**. Kommen Aktionspotentiale an einer Synapse an, so wird dadurch die Ausschüttung von Neurotransmittern in den synaptischen Spalt ausgelöst. Die Moleküle des Neurotransmitters wandern durch den synaptischen Spalt und können dann an Rezeptoren in der Zellmembran der benachbarten Nervenzelle andocken. Dadurch verändert sich das Potential dieser Zellmembran, wodurch wiederum Aktionspotentiale an der Nachbarzelle ausgelöst (oder auch verhindert) werden können. Neurotransmitter können also erregend oder hemmend wirken.

Der wichtigste erregende Neurotransmitter ist **Glutamat**, der wichtigste hemmende ist die Gamma-Aminobuttersäure, kurz **GABA** (das letzte A in GABA kommt von Acid, dem englischen Wort für Säure). Erregende Neurotransmitter führen zur Auslösung von Aktionspotentialen. Hemmende Neurotransmitter dagegen verändern das Membranpotential so, dass Aktionspotentiale nicht mehr so leicht entstehen können, also deren Auslösung gehemmt wird. Glutamat - das ist übrigens derselbe Stoff, der in asiatischen Restaurants gerne als Geschmacksverstärker eingesetzt wird - und GABA gibt es fast überall im Gehirn. Über sie laufen die meisten Signalübertragungen im Gehirn, sie sind die Arbeitstiere unter den Neurotransmittern. Andere Neurotransmitter wie Serotonin, Noradrenalin, Acetylcholin oder Dopamin haben spezialisiertere Funktionen und kommen überwiegend in bestimmten Hirnregionen vor.

Alle **Psychopharmaka**, also Medikamente, mit denen psychisch kranke Menschen behandelt werden, wirken in der einen oder anderen Weise auf die Transmittersysteme im Gehirn ein. Beispielsweise setzen die meisten Beruhigungsmittel an GABA-Rezeptoren an und ahmen die Wirkung von GABA nach. Es werden also viele Prozesse im Gehirn gehemmt. Die Folge: Man wird ruhig und müde, wenn man zu viel einnimmt, bewusstlos.

Auch **Drogen** wirken über Neurotransmitter. Entweder setzen sie direkt an bestimmten Rezeptoren an oder sie bewirken die Ausschüttung bestimmter Transmitter in den synaptischen Spalt. Drogen, die Glücksgefühle hervorrufen (allerdings nur kurzfristig, auf Dauer bewirken sie das Gegenteil!) oder Halluzinationen, also Trugwahrnehmungen, wirken meist über das Dopamin- und das Serotoninsystem.

8. Totenstarre und was sie uns über Bewegung lehrt

Ein Gruselkapitel

Stell Dir vor, Du willst mit der Hand eine Fliege fangen. Die Bewegung wird im Gehirn geplant, die elektrische Erregung wird über Nerven in Gehirn und Rückenmark in weitere Nerven bis in den Arm und die Hand geleitet und schließlich, an den Nervenendköpfchen (»Synapsen«, siehe auch S. 67) chemisch auf die Muskeln übergeleitet. Zack – und die Fliege ist in deiner Faust gefangen! Wie fein abgestimmt und wunderbar so ein Bewegungsablauf ist, merken wir oft erst, wenn es mal nicht so glatt läuft…

Erstes Beispiel - Gruselfaktor: gering

Bist Du morgens mal aufgewacht und konntest Deinen Arm nicht mehr richtig bewegen? Oder hast Du mal lange mit übereinandergeschlagenen Beinen gesessen und konntest plötzlich den Fuß nicht mehr anheben? Oder war wenigstens mal Dein kleiner Finger taub?

All das ist nicht schlimm und Du hast sicherlich gemerkt, dass diese Störung wieder weggeht. Die Ursache war eine Störung in der elektrischen Weiterleitung der Nerven – der Nerv war abgedrückt. Einen dieser Nerven kannst Du auch tasten, er heißt auf Lateinisch »Nervus ulnaris« und liegt genau da, wo Dein Musikantenknochen ist: in einer kleinen Rille an der Innenseite des Ellenbogens. Versuch, ihn einmal zu tasten. Wenn Du Dich dort stößt, kribbelt es bis in den kleinen Finger, nämlich dahin, wohin der Nerv zieht. Wenn man sich lange auf den Ellenbogen abstützt, kann der kleine Finger auch für eine Weile taub werden. Weil der Nerv nämlich direkt unter der Haut liegt, ist er nicht gut gepolstert und kann abgedrückt werden. Dadurch wird die Weiterleitung der Aktionspotentiale gestört (siehe auch S. 28: *Der neurale Code*). Die Engländer nennen das auch *»student's elbow«*, weil Studierende – jedenfalls früher – den Kopf in die Hände gestützt und die Ellenbogen auf dem Holztisch stundenlang über ihren Büchern saßen.

Zweites Beispiel – mittelgroßer Grusel:

Es gibt Frauen, die lassen sich für viel Geld Würstchengift ins Gesicht spritzen. Davon werden die Gesichtsmuskeln gelähmt und die Haut schön straff. Das Gift »Botulinumtoxin« (lateinisch: *botulus* für Wurst) wird von einem Bakterium produziert, welches früher vor allem bei verdorbenen Fleischkonserven vorkam. Ungefähr zehn Moleküle reichen, um die Übertragung einer Synapse am Übergang von einem Nerv zu einem Muskel zu blockieren. Es ist eines der stärksten Gifte, die es gibt. Wenn jetzt aus Versehen die falsche Menge in die Gesichtsmuskeln gespritzt wird, kann es passieren, dass die Frau die Augen nicht mehr aufkriegt oder nicht mehr kauen kann – für sechs bis acht Wochen, dann lässt die Giftwirkung nach. Dann doch lieber ein paar Falten, oder?

Auch andere Gifte wirken an der Übertragung vom Nerv auf den Muskel und führen zur Lähmung, zum Beispiel das Gift der Schwarzen Witwe, einer unter anderem in den USA vorkommenden Giftspinne, die gelegentlich nach der Paarung ihr Männchen auffrisst.

Drittes Beispiel – großer Grusel:

Totenstarre – die Muskulatur wird starr. Logisch, wirst Du sagen, die Person ist ja auch tot. Aber warum wird die Muskulatur einige Stunden nach dem Tod starr und steif und nicht schlaff wie unmittelbar nach Eintreten des Todes? Die meisten unserer Muskeln haben in ihrer Längsrichtung zwei verschiedene Faserarten (Aktin und Myosin),

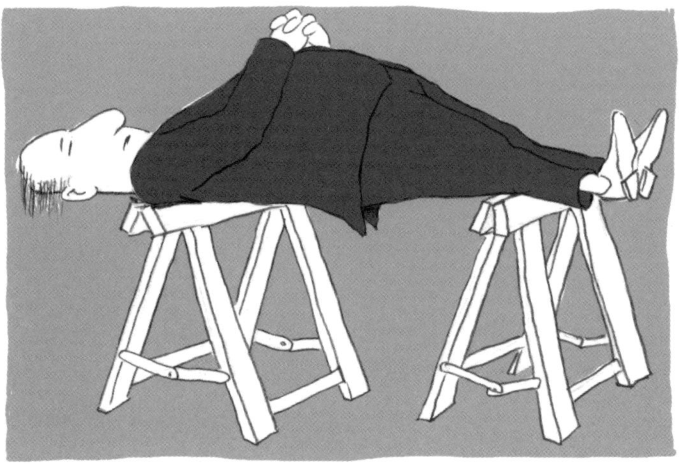

die, wenn der Muskel sich zusammenzieht, aneinander vorbeigleiten. So etwa, als wenn Du die Finger beider Hände ineinanderschiebst. Für die Auflösung dieser Verschiebung braucht es wieder Energie, die nach Eintreten des Todes nicht mehr zur Verfügung steht. Daher kommt es zum Auftreten der Totenstarre. Diese beginnt in der Regel ein bis zwei Stunden nach dem Tod an den Augenmuskeln, dann am Kiefer und nach und nach an größeren Gelenken. Und sie hilft, zumindest im Krimi, bei der Bestimmung des Todeszeitpunktes.

Eine Schreckstarre benutzen übrigens manche Tiere, zum Beispiel Vögel und Schlangen, um sich tot zu stellen und für Fressfeinde weniger attraktiv zu sein.

Wie du siehst, kann Bewegung auf verschiedenen Kommandoebenen gestört sein: Entweder bei der Planung oder bei der Ausführung der Bewegung. Schlaganfälle zum Beispiel, die motorische Zentren treffen, können die Bewegungsfähigkeit einschränken und den Betroffenen lähmen, weil die Bewegung nicht mehr geplant werden kann. Oder die Parkinsonerkrankung: Dabei wird im Gehirn der Botenstoff Dopamin (siehe auch S. 69: *Botenstoffe im Gehirn*) vermindert produziert, die Betroffenen leiden an einer zunehmenden Steifigkeit der Bewegung und oft an einem Zittern der Hände. Viele bekannte Menschen waren oder sind von einer Parkinsonerkrankung betroffen: zum Beispiel der Papst Johannes Paul der Zweite oder der Boxer Muhamad Ali. Auch Hitler hatte wahrscheinlich am Ende seines Lebens Parkinson. Gott sei Dank gibt es Therapien für diese Erkrankung.

Ist das Rückenmark geschädigt oder durchtrennt, wird ein Mensch querschnittsgelähmt, das heißt, er kann sich unterhalb der Schädigungsstelle wenig oder gar nicht bewegen und die Empfindung ist gestört. Wolfgang Schäuble, der jetzige Bundesfinanzminister, wurde 1990 durch eine Schussverletzung auf Höhe des dritten Brustwirbelkörpers querschnittsgelähmt, auch Samuel Koch ist seit seinem Auftritt bei „Wetten, dass …?“ querschnittsgelähmt. Was man dagegen tun kann? Vor allem vorher aufpassen. Die klassischen Unfälle, die zur Querschnittslähmung führen, sind Motorradunfälle und der Kopfsprung in unbekannte Gewässer.

Himmelhoch jauchzend, zu Tode betrübt

EMOTIONEN

9. Schmetterlinge im Bauch

Das verliebte Gehirn

Kennst Du dieses wohlige Gefühl in der Magengegend? So ein flaues, leichtes, aber deutliches Kribbeln, fast ein Flattern, das sich einfach unheimlich gut anfühlt? Schmetterlinge im Bauch! Jeder, der schon einmal verliebt war, weiß genau, was damit gemeint ist. Unser Bauch scheint für Gefühle wichtig zu sein, und zwar nicht nur für so schöne Gefühle wie Verliebtsein. Man kann auch eine Wut im Bauch haben, eine Sache kann einem schwer im Magen liegen oder das Bauchgefühl sagt einem, wie man sich entscheiden soll.

Magen, Darm, Leber, Gallenblase, Bauchspeicheldrüse … Das alles sind Organe, die sich in unserem Bauch befinden. Sie mögen sich vielleicht gut mit solchen unappetitlichen Dingen wie der Verdauung auskennen, aber was haben sie mit Gefühlen zu tun?

Es gibt da dieses Sprichwort, dass Liebe durch den Magen geht. Man hat dabei vielleicht ein Kaffeekränzchen von älteren Damen vor Augen: »Jaja, und als Tante Gerda dann diese köstlichen Königsberger Klopse auftischte, da war's um Onkel Erwin geschehen …«. Kann schon sein, dass sich bei Onkel Erwin die Klopse im Bauch wie Schmetterlinge angefühlt haben, zumindest beim ersten Mal. Aber dass der Magen einen emotionalen Zustand des Verliebtseins hervorgebracht haben soll, das erscheint dann doch eher unwahrscheinlich. Ist das nicht eher ein Job für das Herz oder gar das Gehirn?

Ja, schon. Aber nicht nur. Tatsächlich haben Emotionen sehr viel mit körperlichen Reaktionen zu tun.

Unter dem Begriff **Emotion** *versteht man die Gesamtheit der Vorgänge, die mit dem Empfinden von Gefühlen einhergehen. Dazu gehören bestimmte Verhaltensmuster: Bewegungen, Gesten oder Gesichtsausdrücke, wie etwa weit aufgerissene Augen, wenn man Angst hat.*

Ein wichtiger Bestandteil von Emotionen sind auch die sogenannten vegetativen Reaktionen des Körpers. Das sind alle lebenswichtigen Funktionen, die automatisch ablaufen, damit unser Körper funktioniert, also Kreislauf, Atmung und Verdauung. Zu Emotionen gehören also auch Reaktionen wie die Zunahme des Herzschlags, Schwitzen, Erröten und sogar eine Veränderung der Funktion der Verdauungsorgane.

Das Empfinden von Gefühlen ist sogar ganz eng mit diesen körperlichen Reaktionen verknüpft. Der amerikanische Psychologe **William James** (1842–1910) brachte das so auf den Punkt: Wir weinen nicht, weil wir traurig sind, sondern wir sind traurig, weil wir weinen.

Demnach könnte es also durchaus sein, dass sich Onkel Erwin hauptsächlich in Tante Gerda verliebte, weil er beim Verzehr der Klopse so ein wunderbares Gefühl in der Magengegend verspürte. In dieser Form ist das vielleicht etwas übertrieben. Aber Emotionsforscher gehen heute tatsächlich davon aus, dass die Wahrnehmung körperlicher Vorgänge – ob bewusst oder unbewusst – stark zum Erleben von Gefühlen beiträgt. Wenn wir also Schmetterlinge im Bauch haben, dann ist das vermutlich die Wahrnehmung einer körperlichen Reaktion, die das Gefühl des Verliebtseins nicht nur begleitet, sondern auch mit verursacht.

Aber welche Rolle spielt dann das Gehirn bei solchen Gefühlen? Vielleicht wirst Du sagen, dass Dich das gar nicht interessiert, denn es könnte ja sein, dass das Gefühl seinen besonderen Zauber verliert, wenn man weiß, wie es genau zustande kommt. Wenn das bei Dir so ist, dann kannst Du den Rest des Kapitels getrost überspringen (und vielleicht das folgende Kapitel über Glück auch gleich).

Wenn Du aber neugierig bist, was im Gehirn passiert, wenn man verliebt ist, dann bist Du zumindest in guter Gesellschaft: Eine renommierte Londoner Forschergruppe untersuchte mit funktioneller Magnetresonanztomografie (siehe auch *fMRT,* S. 46) die Hirnaktivität bei Leuten, die gerade bis über beide Ohren verliebt waren. Während der Untersuchung wurden den Versuchsteilnehmern entweder

Bilder ihrer geliebten Partner gezeigt oder Bilder guter Freunde. Die Forscher fanden heraus, dass während der Betrachtung des Partners besonders die Teile des Gehirns aktiv waren, die zum Belohnungssystem gehören, und zwar insbesondere der *Nucleus accumbens* (siehe auch nächstes Kapitel).

Der Anblick eines geliebten Menschen wird also vom Gehirn als **Belohnung** *verarbeitet.*

Die Forscher stellten aber auch noch etwas anderes fest: Beim Anblick des geliebten Partners war auch ein Teil der Hirnrinde aktiv, der wie eine Insel zwischen dem Stirnlappen und dem Schläfenlappen des Gehirns liegt (siehe Hirnatlas in der Umschlagklappe). Diese sogenannte **Inselrinde** spielt eine wichtige Rolle bei der Wahrnehmung vegetativer Reaktionen im Körper.

Zu dem angenehmen Gefühl, das wir beim Anblick einer geliebten Person haben, scheint also die Wahrnehmung der vegetativen Vorgänge in unserem Körper beizutragen. Und das fühlt sich eben an, als ob Schmetterlinge im Bauch herumschwirren.

Du fragst Dich vielleicht, wie die Schmetterlinge überhaupt in den Bauch hineinkommen?

Eine Erklärung wäre, dass durch die Aktivierung des Belohnungssystems vegetative Nerven angeregt werden. Diese könnten unser Herz schneller schlagen lassen und im Bauchraum zu einer Entspannung führen. Und das nehmen wir dann als ein angenehmes Kribbeln wahr.

Wie das genau funktioniert und warum sich das ausgerechnet wie Schmetterlinge anfühlt (und nicht wie Wespen), das müssen die Liebesforscher noch ergründen. Wir können aber festhalten, dass die Wahrnehmung vegetativer Reaktionen eine wichtige Rolle spielt bei der Entstehung von Gefühlen.

Ohne Schmetterlinge im Bauch also kein Verlieben? Zumindest würde es sich ohne die Schmetterlinge anders anfühlen – und zwar vermutlich nicht halb so schön.

10. Das glückliche Gehirn

Was ist eigentlich Glück? Also nicht im Sinne von Dusel (... dass die Lehrerin Dich nicht beim Abschreiben erwischt hat), sondern im Sinne von »Glücklichsein«. Warst Du schon einmal richtig glücklich? Schwer zu sagen, oder? Irgendwie wissen wir zwar alle, was damit gemeint ist. Aber frage mal zehn Leute, was sie unter Glück verstehen, und Du kriegst mindestens neuneinhalb verschiedene Antworten.

Glücksforscher nähern sich dem Glück von ganz verschiedenen Seiten. Philosophen kümmern sich schon seit **Aristoteles** (384–322 v. Chr.) darum zu definieren, was Glück ist. »Seine Trefflichkeit, welcher Art sie auch sei, ungehindert üben zu können, ist das eigentliche Glück«, hat Aristoteles gesagt. *Trefflichkeit? Üben können?* Irgendwie ganz schön abstrakt. Gesellschaftswissenschaftler gehen da pragmatischer vor. Sie fragen sich eher, welche Lebensumstände zu einem glücklichen Leben führen. So leben die glücklichsten Menschen Deutschlands angeblich in Hamburg und für das persönliche Lebensglück scheinen eine gute Partnerschaft und ein guter Job wichtiger zu sein als viel Geld und viele Kinder (zumindest laut »Glücksatlas Deutschland 2011«). Hm, auch nicht so richtig spannend, oder?

Viel spannender als die Frage, was auf Dauer ein glückliches Leben ausmacht – man könnte diese Art von Glück auch als Zufriedenheit bezeichnen –, ist doch die Frage, wie das Gehirn Glücksgefühle hervorbringt. Gibt es ein Glückszentrum im Gehirn?

Vor über 50 Jahren führten die beiden Psychologen James Olds und Peter Milner ein Experiment an Ratten durch, das einen großen Einfluss auf die **Glücksforschung** hatte. Die beiden Wissenschaftler setzten den Ratten Elektroden ins Gehirn ein. Immer wenn die Ratten einen Hebel, der in ihrem Käfig angebracht war, nach unten drückten, gab die Elektrode im Gehirn einen ganz leichten Stromstoß ab. Dadurch wurden in der Hirnregion, in der die Elektrode saß, Aktionspotenziale ausgelöst (siehe Box *Der neurale Code)*, die Nervenzellen in der Region wurden also aktiv. Wenn die Elektroden in einer bestimmten Region in der Tiefe des Gehirns saßen, dem *Nucleus accumbens*, geschah etwas Bemerkenswertes: Sobald die Ratten ein paar Mal den Hebel gedrückt hatten, drückten sie ihn wieder und wieder, sie konnten gar nicht mehr aufhören. Vielleicht fühlte sich das jedes Mal so an, als hätten sie Schmetterlinge im Bauch. Jedenfalls fanden die Ratten es offenbar richtig gut, ihren *Nucleus accumbens* zu stimulieren, denn alles andere war ihnen plötzlich völlig egal: Sie tranken nicht mehr, sie aßen nichts mehr, sie hatten nicht einmal mehr Lust auf Sex. Stattdessen droschen sie 2000-mal pro Stunde auf den Hebel ein, immer und immer wieder – bis sie schließlich kläglich verendeten.

Die Aktivierung des *Nucleus accumbens* löste bei den Ratten wohl ein angenehmes Gefühl aus, so etwas wie ein Glücksgefühl – wie immer sich Rattenglück auch anfühlt. Inzwischen weiß man, dass auch bei Menschen der *Nucleus accumbens* für Glücksgefühle verantwortlich ist. Auch wir tun alles dafür, diese kleine Region in der Tiefe unseres Gehirns zu aktivieren. (Wo sie liegt, siehst du auf der Gehirnkarte in der Klappe.) Wir tun das natürlich nicht über eine Elektrode, sondern über all die Dinge, die uns eben Spaß machen oder Lust bereiten: Geld, Schokolade, Sex, Erfolg.

Übrigens: Schweizer Wissenschaftler haben herausgefunden, dass diese Hirnregion bei Menschen gemeinerweise bei Erfolg noch stärker aktiviert wird, wenn andere gleichzeitig Misserfolg haben. Aber das ist wieder eine andere Geschichte.

Der Nucleus accumbens ist also so etwas wie unser Lustzentrum. Wissenschaftler sehen ihn als das Kernstück des **Belohnungssystems** *im Gehirn an. Er arbeitet also nicht allein, sondern zusammen mit anderen Hirnregionen. Dieses Belohnungssystem wird immer dann aktiviert, wenn wir die Befriedigung unserer biologischen Bedürfnisse erwarten.*

Biologische Bedürfnisse? Na ja, eben immer dann, wenn wir etwas schön, angenehm oder geil ('tschuldigung für den Ausdruck, passt aber hier perfekt) finden. Das wird dann im Belohnungssystem über den Botenstoff Dopamin signalisiert (siehe auch S. 67, *Botenstoffe*). Dopamin wird deshalb auch als der Glücksbotenstoff angesehen. Auch bestimmte Drogen sorgen übrigens dafür, dass Dopamin ausgeschüttet wird!

Was müssen wir nun also tun, um glücklich zu sein? Offensichtlich hilft es nicht, wenn wir immer wieder den Glückshebel drücken. Wenn wir eine Kugel Schokoladeneis essen, ist die Lust groß, bei der zweiten ist sie schon geringer und nach der fünften (bei manchen auch erst nach der zehnten) kommt uns das Schokoladeneis wieder aus den Ohren heraus. Das liegt daran, dass die Ausschüttung von Dopamin nachlässt, wenn wir immer wieder denselben Reiz abkriegen. Wo es hinführen würde, wenn wir unser Lustzentrum immer und immer wieder stimulieren könnten, hat sich an den armen Ratten gezeigt, die dies durch das einfache Drücken eines Hebels erreichen konnten. Und man sieht das auf tragische Weise auch bei Menschen, die drogenabhängig sind. Im Leben drogenabhängiger Menschen geht es ständig nur um eines: Wie komme ich möglichst schnell wieder an die Droge? Alles andere wird egal, doch die Droge wirkt mit der Zeit auch immer weniger. Man braucht immer mehr, aber die Droge löst immer weniger Lustgefühl aus. Das nennt man dann Sucht.

Dass das Gehirn mit Glücksgefühlen so geizt, ist irgendwie schade, oder? Andererseits: Wenn das nicht so wäre, hätten wir noch viel größere Schwierigkeiten, uns für Dinge zu motivieren, die nicht unmittelbar Spaß machen, aber doch langfristig für das Überleben wichtig sind. Hier kommt das **Stirnhirn** ins Spiel, also der Teil der Hirnrinde, der direkt hinter der Stirn sitzt. Das

Stirnhirn spielt eine wichtige Rolle bei der Einschätzung, welchen Wert bestimmte Dinge und Handlungen für uns haben, und ist damit wichtig für Motivation sowie Planung und Steuerung unseres Verhaltens. Es macht oft verdammt wenig Spaß zu lernen, Hausaufgaben zu machen, ein Instrument zu üben oder zur Arbeit zu gehen. Aber wenn wir ehrlich sind, wissen wir doch – und zwar nicht nur aus den Glücksstudien der Sozialwissenschaftler –, dass solche Dinge für unsere langfristige Zufriedenheit wichtig sind. Wenn wir es dann auch noch schaffen, gelegentlich – aber nicht ständig – unseren *Nucleus accumbens* mit kleinen oder auch größeren Belohnungen zu kitzeln, dann macht das Leben richtig Spaß. Ich geh jetzt erst mal zum Kiosk und hol mir Schokoladeneis. Mal sehen, nach wie vielen Kugeln die Dopaminausschüttung nachlässt!

Experiment

Wenn es gerade Winter ist und Du das mit dem Schokoladeneis jetzt nicht ausprobieren kannst, dann probiere doch folgendes Selbstexperiment für schnelles Glück in drei Minuten:

Schritt 1: Schreibe in einem Satz auf einen Zettel, wie Du Dich gerade fühlst.

Schritt 2: Schreibe auf einen zweiten Zettel fünf Dinge, die Dich glücklich machen. Lies sie dann noch mal in Ruhe durch und stelle sie Dir vor.

Schritt 3: Nimm einen dritten Zettel und schreibe in einem Satz darauf, wie Du Dich jetzt fühlst.
Schritt 4: Vergleiche den ersten und den dritten Zettel.

11. Von einem, der auszog, das Fürchten zu verlernen – Angst

Jakob muss heute in Deutsch ein Referat halten, und zwar über das Leben von Johann Wolfgang von Goethe. Oh, wie er das hasst! Referate halten. Als er morgens aufgewacht ist, hatte er schon schlechte Laune und so ein komisches, flaues Gefühl im Bauch (keine Schmetterlinge, eher eine fette hässliche Kröte).

Jetzt ist der Moment des Schreckens gekommen. Die Deutschstunde hat angefangen, seine Deutschlehrerin Frau Steininger, die nett ist und die er eigentlich gerne mag, fordert ihn mit freundlichen Worten auf, vor die Klasse zu treten und sein Referat zu halten. Auf dem Weg nach vorne spürt er, wie sein Herz heftig klopft, er bekommt ganz schweißige Hände. Tausend Gedanken schießen ihm durch den Kopf: Mist, alle Blicke sind auf mich gerichtet… jetzt bloß nicht rot werden… das ist alles so peinlich… mein Mund ist so trocken… ich werde kein vernünftiges Wort herausbringen… meine Stimme wird zittern… Karla wird sich kaputtlachen über mich… Lena auch… überhaupt werden sich alle kaputtlachen… ich werde einfach eine jämmerliche Figur abgeben…

Als Jakob vorne angekommen ist und anfangen will zu sprechen, zittern seine Hände, er kann den Zettel mit seinen Auf-

zeichnungen gar nicht ruhig halten. Seine Knie fühlen sich an wie Wackelpudding. Er merkt, wie er knallrot wird. Irgendwo aus der letzten Reihe hört er ein leises, aber klar vernehmliches »Jakob, Tomatenkopp!«. Alle kichern. Wie peinlich! Er muss nun ganz schnell atmen, sonst hat er das Gefühl, keine Luft zu bekommen. In seinem Hals steckt ein dicker Kloß (oder eine Kröte?), er räuspert sich mehrmals. Jakob merkt, dass sein Herz jetzt heftig und schnell klopft. Kann es sein, dass mit seinem Herzen etwas nicht stimmt? Eine bislang unerkannte Herzkrankheit? Die Geräusche um ihn herum werden immer leiser, sein Herzschlag immer lauter, er hat jetzt so ein Gefühl, als würden seine Ohren zuklappen. War's das jetzt? Ich will noch nicht sterben! Jetzt kann er Frau Steininger und die Klasse nicht mehr richtig sehen, sein Kopf fühlt sich plötzlich ganz leer an, ganz leicht und leer und…

Das Nächste, was Jakob mitkriegt, ist, wie er im Klassenzimmer auf dem Boden liegt, Frau Steininger und ein paar seiner Mitschüler blicken mit besorgten Mienen auf ihn herab. Anfangs weiß er gar nicht, was passiert ist, doch dann wird es ihm klar: Ich bin in Ohnmacht gefallen. Oh Mann, wie peinlich, ich bin tatsächlich in Ohnmacht gefallen!

Armer Jakob! Was ist ihm da passiert? Die meisten von uns finden solche Situationen auch eher unangenehm: So auf dem Präsentierteller zu stehen und dabei auch noch eine Leistung bringen zu müssen, das ist einfach Stress.

Für manche Menschen aber ist das nicht nur Stress, sondern der blanke Horror, und zwar so krass, dass sie dadurch in ihrem Leben stark eingeschränkt sind. Man spricht dann von einer Angststörung. Solche Angststörungen gehören sogar zu den allerhäufigsten psychischen Problemen und viele Menschen leiden sehr darunter. Eine häufige Form der Angststörung ist die, an der vermutlich Jakob leidet, die sogenannte *soziale Phobie. Phobie* ist ganz einfach das griechische Wort für Angst.

Eine **soziale Phobie** *ist also eine Angst, die in sozialen Situationen auftritt. Also dann, wenn man mit anderen Menschen zu tun hat, vor allem dann, wenn man vor den anderen etwas leisten muss oder das Gefühl hat, etwas leisten zu müssen.*

Die Situation, in der Jakob solche panische Angst hat und schließlich für kurze Zeit das Bewusstsein verliert – Ärzte nennen so etwas eine Panikattacke –, ist natürlich eine extreme Belastung. Für Menschen mit sozialen Phobien ist es häufig schon sehr schwierig, jemanden auf der Straße nach dem Weg zu fragen oder am Abendessenstisch um die Butter zu bitten.

Wie aber kommt es zu solchen Panikattacken? Der Grund ist nicht, dass Jakob – wie er befürchtet – tatsächlich einen Herzfehler hat. Viel wahrscheinlicher ist es, dass **das Angstsystem** seines Gehirns besonders empfindlich reagiert. So wie es ein Belohnungssystem in unserem Gehirn gibt, das uns nach Spaß, Lust und Glück streben lässt, so gibt es – gewissermaßen als entgegengesetzten Pol – ein Angstsystem. Seine Aufgabe besteht darin, dafür zu sorgen, dass wir Gefahren vermeiden. Das Zentrum dieses Angstsystems bildet eine kleine mandelförmige Hirnregion, die *Amygdala*. Die *Amygdala* ist gewissermaßen die Alarmlampe des Gehirns. Wenn sie aufleuchtet – genauer gesagt, wenn Nervenzellen im seitlich gelegenen Teil der *Amygdala* aktiviert werden –, wird der ganze Organismus sofort in Alarmbereitschaft versetzt. Es werden automatisch körperliche Reaktionen ausgelöst, die uns helfen sollen, gegen die Gefahr zu kämpfen oder vor ihr zu fliehen, die so genannte *»fight or flight response«* (auf Deutsch »Kampf-oder-Flucht-Reaktion«): Wir atmen schneller, die Luftröhre weitet sich, der Herzschlag wird schneller und der Blutdruck steigt. Dadurch werden die Muskeln besser mit Sauerstoff versorgt und somit Kraftreserven bereitgestellt. Sie liefern die Energie für das Verhalten, das zum Überleben jetzt gebraucht wird. Außerdem werden durch die Aktivierung der *Amygdala* auch andere Hirnregionen

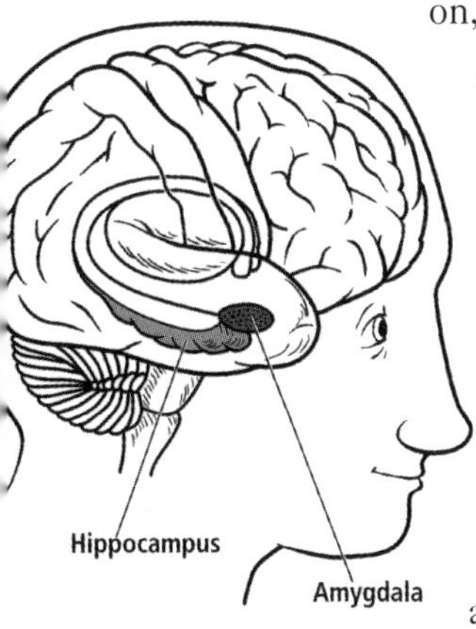

auf den Plan gerufen, die dafür sorgen, dass unsere Sinne geschärft werden, dass wir also Gefahren besser erkennen können.

Es gibt Menschen, bei denen diese Alarmanlage – das Angstsystem des Gehirns – empfindlicher reagiert, und andere, bei denen sie ziemlich unempfindlich ist. Bei Jakob reagiert das Angstsystem offenbar nicht nur sehr empfindlich, es scheint in dieser Situation außer Rand und Band zu geraten. Seine Angst führt zu einer heftigen *»fight or flight«*-Reaktion, Jakobs Herz klopft heftig, er muss schnell atmen, er schwitzt. Diese körperlichen Reaktionen wären hilfreich, um zu fliehen, und das würde Jakob sicher auch am liebsten tun. Aber er kann jetzt nicht einfach weglaufen und so schaukeln sich Angst und körperliche Symptome der Angst immer weiter hoch, bis er schließlich in Ohnmacht fällt.

Solche **Panikattacken** *sind gar nicht so selten, auch wenn sie nur selten so dramatisch verlaufen. Aber immerhin, etwa jeder vierte Mensch erleidet im Laufe seines Lebens eine Panikattacke und bei etwa 4 % aller Menschen treten solche Panikattacken regelmäßig auf, sodass man von einer Panikstörung spricht.*

Warum gibt es Panikattacken so häufig? Vermutlich weil das Leben einfach eine ziemlich gefährliche Angelegenheit ist. Keine Angst zu haben, kann tödlich enden, denn Angst ist unsere rote Alarmlampe, die aufleuchtet, sobald irgendwo Gefahr droht.

Damit eine solche Alarmanlage zuverlässig funktioniert, muss sie sehr empfindlich reagieren. Für die Alarmanlage unseres Gehirns gilt ganz klar: Lieber zehnmal zu viel Alarm geschlagen als einmal zu wenig. Denken wir an unsere Vorfahren, die in der afrikanischen Savanne unterwegs waren. Einmal den Löwen nicht rechtzeitig gesehen – und das war's dann. Dann lieber ein paar Mal Fehlalarm schlagen und vor einer harmlosen Antilope davonrennen. Vermutlich leben Menschen mit Panikstörung tatsächlich ein bisschen sicherer, da sie weniger risikobereit sind. Andererseits kann so eine überempfindliche Alarmanlage auch alles blockieren: Man lebt in ständiger Angst vor Panikattacken und vermeidet schließlich Situationen, in denen sie auftreten könnten. Wer etwa aus Angst vor einer Panikattacke nicht mehr in die Schule geht, kann bald kein normales Leben mehr führen.

Wenn bei Jakob solche Panikattacken noch öfter auftreten, dann sollte er zu einem Psychiater gehen. Denn die Erfolgschancen einer Behandlung sind sehr gut. Am besten wirkt eine sogenannte Expositionsbehandlung. *Exposition* heißt, sich der Angst aussetzen: Man begibt sich gezielt in die Situation, vor der man Angst hat – zunächst in Begleitung des Therapeuten, später dann auch allein – und *ver*-lernt dadurch die Angst. Einer der ersten Berichte über eine solche Behandlung stammt übrigens von Johann Wolfgang von Goethe. Er behandelte seinerzeit seine Höhenangst damit, dass er wiederholt den Turm des Straßburger Münsters bestieg, den damals höchsten Kirchturm der Welt. Wäre in Jakobs Referat übrigens auch vorgekommen, diese Episode aus Goethes Leben…

Die Welt spricht zu uns

SPRACHE

12. Warum wir die ganze Zeit quatschen

Eine kurze Geschichte der Sprachentwicklung

Warum lernen wir sprechen? Warum röhren wir nicht wie Hirsche, wenn wir jemanden gut finden, oder schnurren wie eine Katze, wenn uns etwas gefällt? Immerhin, wir könnten es tun – aber im Laufe der Evolution hat sich beim Menschen noch etwas Besseres entwickelt: die Sprache. Als Erwachsene haben wir einen Wortschatz von ca. 100.000 Wörtern beisammen, die in zahllosen Variationen kombiniert werden können, sodass wir am Ende in der Lage sind, dem Kellner klarzumachen, dass wir direkt nach dem Hauptgang einen XXL Cafe Latte macchiato mit lactosefreier Milch haben möchten.

Neben dem Informationsaustausch hat Sprache einen großen sozialen Nutzen. Es gibt Untersuchungen, nach denen wir ca. 20 % des Tages miteinander reden, während Affen, die ja bekanntlich nicht sprechen, 20 % des Tages damit zubringen, sich zu lausen. Sprache wäre also eine Art »soziales Lausen«. Das menschliche Miteinander ist eine wesentliche Voraussetzung für die Entstehung, das Erlernen und die Weiterentwicklung von Sprache.

Auch äußerlich veränderte sich der Mensch im Laufe

der letzten Jahrtausende dergestalt, dass die Entwicklung von Sprache ermöglicht wurde. Im Laufe der **Evolution** wurde der Kehlkopf nach unten versetzt, die Hände wurden durch den aufrechten Gang frei zum Hantieren und »Begreifen«, die Hirnrinde vergrößerte sich. Dies ging einher mit der Entwicklung von Sprache. Niemand wird sagen können, welche Entwicklung die erste war.

Ohne Gesten und Mimik, also ohne unsere »**Körpersprache**«, wäre an Verständigung oft nicht zu denken. Sprache und Bewegung ergänzen sich. Versuch mal, eine Wendeltreppe ohne Mitbenutzung der Hände zu beschreiben! Gesten untermalen das Gesagte und manchmal führen sie einen zusätzlichen Aspekt ein. Wenn man sagt: »Das war knapp!«, und mit der Hand wedelt, so erinnert diese Geste eher an einen verbrannten Finger auf der Herdplatte. Es ist eine Art gestischer Vergleich. Wenn Du den Satz »Detlef ist ein echter Super-Checker« gaaaanz langsam aussprichst und den Mund dabei am Schluss offen stehen lässt, machst Du deutlich: Detlef schnallt überhaupt nichts.

Mund und Hand sind im Gehirn sehr eng miteinander

verbunden, so wie Sprache und Gestik. Wenn man einem einmonatigen Baby auf die Handinnenfläche klopft, öffnet es den Mund – dieser Reflex ist ein Hinweis auf die enge Verbindung zwischen Mund und Hand. Ist ein Kind neun Monate alt, streckt es, wenn es etwas haben möchte, meist die ganze Hand nach dem begehrten Gegenstand aus. Mit etwa einem Jahr zeigt es mit einem Finger auf den Gegenstand, dies wird bald mit einem Laut gepaart: »Da!«, oder: »Haben!« Daraus entwickeln sich im Weiteren Kombinationen von Laut und Geste.

Viele Gesten scheinen dabei angeboren und nicht abgeguckt zu sein. In Versuchen, die die Gesten blind geborener Kinder untersuchten, sahen diese genauso aus wie die von sehenden Kindern. Ein ganzer »Grundwortschatz« von Gesten scheint sogar unabhängig von der Kultur zu sein: Sie sind auf der ganzen Welt vertreten, so zum Beispiel **der Augengruß**.

Dieser Augengruß ist selbst bei den sonst in ihrer Mimik sehr sparsamen Japanern vorhanden.

Aus der Kombination von engem sozialem Kontakt und anatomischer Entwicklung ergaben sich die ersten Voraussetzungen zur Ausbildung von Sprache. Aber damit Sprache funktioniert, fehlen noch wesentliche weitere »Zutaten« aus dem Gehirn.

Eine solche Zutat für die Entwicklung von Sprache, die bei Tieren weitgehend fehlt, ist die Fähigkeit, **Symbole** zu deuten. Wenn man lernt, dass ein bestimmter Abdruck im Sand die Spur eines Löwen darstellt, dann kann im nächsten Schritt ein Zeichen oder ein Laut oder eben im Deutschen das Wort »Löwe« den Löwen symbolisieren. Mit Sprache sind wir so in der Lage, einem anderen die eigene Vorstellung deutlich zu machen. Sie löst beim Gesprächspartner ähnliche Bilder und Vorstellungen aus: Wir verstehen uns, oder – bei schlechter Wortwahl, anderem Erfahrungshintergrund oder anderer Sprache – missverstehen uns.

Manchen Wörtern hört man ihre Entstehung noch an: Sie sind lautmalerisch. Wie das »Kikeriki« als Wort für den Hahnenschrei entstanden ist, kann man sich einfach vorstellen.

Nun haben wir ein paar ganz wichtige Grundvoraussetzungen zur Sprachentstehung beisammen. Doch wie wird nun Sprache gelernt? Einfach gesagt: durch Wiederholung und Verbindung mit Eindrücken, Bildern, Erfahrungen und mit anderen Wörtern im Gehirn.

Wenn Du einem zweijährigen Kind einen Fischotter zeigst und dabei »Qundiwutsch« sagst und ein anderer das beim selben Kind (und beim nächsten Fischotter) auch tut und vielleicht ein Dritter, dann wird das Kind bald glauben zu wissen, was ein Qundiwutsch ist. Anfangs meint das Kind vielleicht noch, dass alles, was sich im Wasser und an Land bewegt, gemeint ist. Oder dass »Qundiwutsch« nur so etwas bedeutet wie »leise« oder »Vorsicht: bissig!«. Bis das Kind dann nach dem Abgleichen vieler Wiederholungen des Wortes mit unterschiedlichen Situationen immer ein Stück mehr der tatsächlichen Bedeutung versteht. Beim Verständnis und Erlernen der Sprache spielen Tonfall, Emotion, Situation und Muttersprache die wichtigsten Rollen.

Im Gehirn wird also ein Netz von Verbindungen verschiedener Wörter geknüpft. Insofern ist Spracherwerb auch ein wenig eine statistische Auswertung im Gehirn des kleinen Kindes: Je öfter ein Wort in einer Verknüpfung mit einer bestimmten Situation oder einem bestimmten Gefühl fällt, desto enger wird die Verknüpfung in diesem Netz. Damit lässt sich auch erklären, warum wir alle etwas unterschiedliche Verknüpfungen, also »Assoziationen«, zu einem Wort haben. Ein 18 Monate altes Kind mag noch denken, der Halbmond am Himmel sei eine Banane. Das wird einem 16-Jährigen nicht mehr passieren, aber ein 16-Jähriger türkischer Abstammung mag mit dem Halbmond auch die Flagge seiner Heimat assoziieren und für einen Dichter der deutschen Romantik hängen ganz andere Dinge mit dem Wort »Mond« zusammen als für einen Astronauten.

Die Sprachentwicklung eines Kindes

Bis Woche 8: Saugen, Schlucken, Rülpsen.

Bis Woche 20: Gurren, Weinen, Lachen.

Bis Woche 30: Spielen mit der Stimme.

Bis Woche 50: Plappern, dann zunehmend melodische Äußerungen und Worte.

Ab einem Jahr häufen sich die aktiv verwandten Wörter, am Anfang kommen etwa 10 pro Monat dazu. Ab etwa einem Wortschatz von 50 Wörtern »explodiert« der Wortschatz, die Kinder lernen bis zu 8 neue Wörter täglich.

Ein sechsjähriges Kind versteht etwa 13.000 Wörter.

Und der Wortschatz eines Erwachsenen, wie groß ist der? Das schwankt sehr stark, zwischen 3.000 und 200.000 Wörtern.

13. Der tut nichts, er will nur sprechen!

Ist Sprache rein menschlich?

Der Mensch möchte wissen, was der Hund denkt, wenn man ihn streichelt, ob der Goldfisch Durst hat oder die Kröte sich hässlich findet. Daher gibt es kuriose Versuche von Menschen, Tieren das Sprechen beizubringen. Solche Experimente scheinen ein wenig zwischen Neurowissenschaften und Zirkusnummern angesiedelt.

Irene Pepperberg nahm sich 1977 vor, dem Graupapagei Alex so weit das Sprechen beizubringen, dass sie ihn fragen könnte »wie er die Welt sieht«. Kurz vor seinem Tod im Jahre 2007 sprach Alex etwa 100 englische Wörter. Oder machte er sie nur nach? Er sprach mit Irene, bestellte sich Essen oder krähte, dass er jetzt auf den Baum wollte. Er kannte Gegenstände und Farben und erfand neue Wörter. Ein »Ban-erry« war ein Apfel: schmeckt wie Banane, sieht aus wie Kirsche (»cherry«), so jedenfalls die Erklärung von Irene Pepperberg.

Der Collie »Rico« wurde 1999 durch die Fernsehshow »Wetten, dass…« populär, er erkannte etwa 200 Wörter und schaffte es damit in das berühmte Wissenschaftsmagazin »Science«. Spitzenreiterin im »Worterkennen für

Hunde« ist aber inzwischen Betsy, ebenfalls eine Border-Collie-Hündin, die 340 Begriffe erkennt.

Hunde verstehen also in Ansätzen menschliche Sprache. Dabei scheinen einige Hunderassen begabter zu sein als andere. Der Durchschnittshund kann etwa 40 Begriffe erkennen. Der Pinscher unserer Nachbarn allerdings versteht, glaube ich, gar nichts.

Aber sind nicht Menschenaffen dem Menschen am nächsten? Dann müssten sie doch auch am besten sprechen können? Wir wissen, dass auch Menschenaffen sprachliche Signale austauschen und Begriffe von uns Menschen lernen können. Ein Schimpanse namens »Kanzi« lernte beispielsweise mehrere hundert Begriffe anhand von Symbolen zu unterscheiden. Und was wäre, wenn ein Schimpanse unter Menschen aufwüchse – würde er dann sprechen lernen? **Winthrop Kellogg**, Professor für Psychologie an der University von Indiana, USA, nahm 1931 das sieben Monate alte Schimpansenkind Gua in seine Familie auf und zog es zusammen mit seinem drei Monate älteren Sohn Donald groß. Doch statt eines sprechenden Schimpansenmädchens erlebten Kellogg und seine Frau, wie ihr Sohn anfing, Affenrufe nachzuahmen! Nach einem Jahr schickte man Gua zurück in den Affenpark. Donald holte seinen sprachlichen Rückstand schnell auf und wurde später Psychiater.

Sprache entwickelt sich innerhalb einer Art im Laufe der Evolution. Tiere kommunizieren so weit miteinander, wie es für das Zurechtkommen in ihrer Lebensumwelt notwendig ist. Hunde sind insofern eine Ausnahme: Sie leben seit über 100.00 Jahren eng mit den Menschen zusammen und passen sich ihnen mehr und mehr an. Sie sind in der Lage, Wortäußerungen mit Gesten, Gerüchen und Bildern zu verbinden. Betsy konnte zum Beispiel eine auf dem Foto gezeigte Frisbeescheibe aus einem Haufen von Gegenständen holen. So werden Hunde zum treuen Gefährten. Was sie davon haben? Futter, Streicheleinheiten und einen Platz an der Heizung.

14. Vorne links

wo Sprache »sitzt«

Inzwischen ist Dir sicher klar geworden, dass das Gehirn ein Netz von Nervenzellen ist, das in schnell wechselnden, sehr unterschiedlichen Mustern elektrisch aktiviert wird. Damit bist Du ziemlich *up to date.* Schon 400 vor Christus waren zwar einige Denker der Ansicht, dass das Gehirn Sitz der Sinneswahrnehmung und des Verstandes sei. Andere aber, wie der Philosoph *Aristoteles,* sahen in ihm vor allem eine große Kühlvorrichtung für das erhitzte Herz, das den eigentlichen Sitz des Verstandes darstellte. Vor allem in der Renaissance, also im 15. und 16. Jahrhundert, festigte sich der Ruf des Gehirns als Sitz des Geistes und der Sprache.

Dabei führte diese Erkenntnis zunächst zu kuriosen Vorstellungen. Man nahm zum Beispiel an, das Gehirn forme den Schädel, sodass man durch Betasten des Schädels den Charakter lesen könnte. **Joseph Gall** (1758–1828), ein deutscher Arzt und Anatom, war der festen Überzeugung, dass ein zum Verbrechen neigendes Gehirn dafür sorgt, dass der Schädel über den Ohren ausgestülpt ist und eine verbrecherische Veranlagung also als Beule im Schädel tastbar ist. Bereits im Alter von neun Jahren hatte er, eigenen Angaben nach, festgestellt, dass bei Klassenkameraden, die sich durch ein gutes Gedächtnis auszeichneten, die Augen besonders weit vorn stünden. Seine These war, dass das Stirnhirn (Frontalhirn) sich besonders stark entwickelt hätte. Nachdem seine Forschungen 1802 verboten wurden, weil sie unreligiös erschienen, zog er durch die Lande und führte öffentlich Schädelbetastungen zur Charaktererkennung durch. Er war sehr populär, aber wissenschaftlich umstritten.

Insgesamt hatte Gall 27 Zentren ausgemacht, die, bei entsprechendem Wachstum, am Schädel tastbar seien. Dazu gehörten ein Religions- und Gotteszentrum, aber auch Gedächtnisareale für unterschiedliche Dinge. Gelegentlich kann man einen Porzellanschädel auf dem Flohmarkt kaufen, auf dem die Areale von Gall eingezeichnet wurden. Obwohl inzwischen allseits belächelt, hat Gall auch Dinge beobachtet, die bis heute gültig sind. Er war nämlich zum Beispiel einer der ersten, der eine Sprachstörung bei Schädigung der linken Gehirnhälfte beschrieb. Dass Menschen, wenn sie auf der linken Gehirnhälfte eine Schädigung erleiden, häufig eine Sprachstörung aufweisen, während sie das bei einer Schädigung rechts meist nicht tun, ist unbestritten.

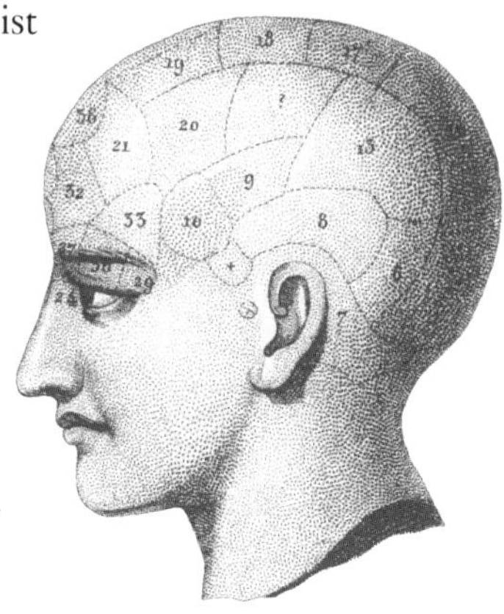

Wie konnten Mediziner und Wissenschaftler denn nun weiter klären, wo Sprache gebildet wird? Dazu ein kleines Gedankenexperiment.

Experiment

Stell Dir vor, Du stehst mit einem älteren Mann an der Bushaltestelle. Und weil der Bus mal wieder zu spät kommt und Dir langweilig ist, sprichst Du ihn an, doch die Antworten sind sehr überraschend!

Du: »Der Bus lässt wieder lange auf sich warten.«

Gegenüber: »He ah, oft so sofort hier damals.«

Du: »Entschuldigung, was meinten Sie?«

Gegenüber: »Nech, also, mein schön kerger küksil im Sommer, jetzt um diese Zeit…«

Du: »Ja… also, ich meinte den Bus.«

Gegenüber: »Gehabt un so auch heute oder für mich denn für Bus - Gott, wie schwer ist das denn!«

Du: »Ich kann Sie leider immer noch nicht gut verstehen, geht es Ihnen nicht gut?«

Gegenüber: »Neegut, aber, aber ein mies da hab ich denn manches, manches so gelies gehakkert ja, ach ja, sach ich da stehn für halle sarge was ich wusste…«

Du würdest Dich wahrscheinlich abwenden, weil Dir Dein Gegenüber nicht ganz geheuer wäre. Aber ein Mensch, der so spricht, ist keinesfalls verrückt, sondern er leidet unter einer bestimmten **Sprachstörung**, bei der unter anderem das Sprachverständnis gestört ist. Die Störung ist für die Betroffenen grausam, weil sie ihr Gegenüber nicht verstehen und sich selbst nicht verständlich machen können. Ihre Sprache enthält viele Wortverdrehungen und falsche Wörter.

Für uns ist das alles kein Problem: Wenn Deine Mutter zum Essen ruft, dann dringt (je nachdem, wie laut Du die Musik gemacht hast) ihr Ruf in Deine Ohren. Die Schallwellen werden durch das Innenohr in elektrische Impulse übersetzt (siehe auch S. 28, *Der neurale Code)* und dann kommt das Gehirn ins Spiel: Durch den Hörnerv fließt diese Information zu Deinem Hörzentrum. Dort angekommen, wird die vernommene Sprache entschlüsselt. Du weißt jetzt zum Beispiel, dass es Rosenkohl gibt. Na super.

Diese Entschlüsselung von Sprache findet in einem Areal im Gehirn statt, das nach einem Forscher namens **Carl Wernicke** benannt ist: dem »Wernicke-Areal«. Wenn dieses Zentrum gestört ist, entsteht eine Sprachstörung, wie sie der Mann an der Bushaltestelle hat. Untersucht man das Gehirn von Menschen mit einer solchen Störung nach deren Tod, findet man eine Schädigung auf der linken Gehirnseite im gleichen Areal. Das Areal liegt nah am Hörzentrum des Gehirns, und das erscheint sinnvoll: Kurz nach dem »Eingang« von Sprache in das Gehirn wird sie in diesem Areal entschlüsselt. (Sieh Dir dazu auch die Abbildung auf S. 111 an.)

Neurologen sehen Menschen wie den Mann an der Bushaltestelle häufig in ihren Praxen. In der Regel ist ein Schlaganfall für einen solchen Ausfall verantwortlich. Über viel Training der Sprache, das von dafür ausgebildeten Sprachheiltherapeuten, sogenannten Logopäden, durchgeführt wird, können die Patienten ihr Sprachverständnis wieder verbessern.

Neben dieser »Wernicke«-Sprachstörung gibt es eine zweite wichtige Sprachstörung, die im Gespräch mit einem Mann an der Bushaltestelle etwa so klänge:

Du: »Der Bus lässt wieder lange auf sich warten.«

Gegenüber (langsam, zögernd): »Uhr das.«

Du: »Entschuldigung, was meinten Sie?«

Gegenüber: »Fahrpus, scha.«

Du: »Ja … also, ich meinte den Bus.«

Gegenüber (mit Anstrengung): »Ja, Fahrpus späzen.«

Du: »Ich kann Sie leider immer noch nicht gut verstehen, geht es Ihnen nicht gut?«

Gegenüber: »Wach, disse, Mist, Mist.«

Diese Art von Sprachstörung hat vor allem der französische Arzt und Anthropologe **Paul Broca** (1824–1880) entdeckt, sie ist nach ihm benannt. Er hat sich damit eine Gravur seines Namens in den Eiffelturm verdient. Bei einem Patienten, der nach einem Schlaganfall nur noch die Silbe »Tan« aussprechen konnte und daher auch »Tan-Tan« genannt wurde, hatte er nach dessen Tod das Gehirn untersucht und eine Schädigung im linken Stirnhirn nachweisen können. Weil er eine solche Schädigung bei mehreren anderen Patienten ebenfalls nachweisen konnte, stand die Bedeutung dieses »Broca«-Areals für die motorische Sprachproduktion fest. Menschen mit einer Sprachstörung nach Zerstörung des Broca-Areals müssen sich beim Sprechen sehr anstrengen, man spürt, wie schwierig es für sie ist, Gedanken in Sprache zu übersetzen. Trotzdem können die Patienten oft die wichtigsten Inhalte vermitteln, die Art zu sprechen ist auch als »Telegrammstil« bezeichnet worden.

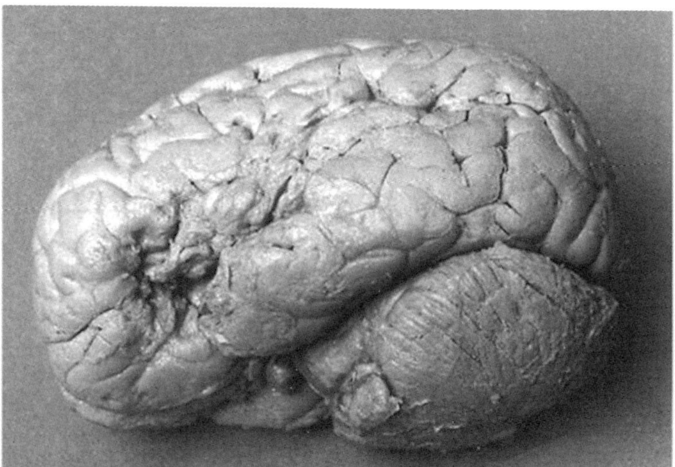

Das Gehirn des Patienten »Tan-Tan«. Man sieht von der linken Seite auf das entnommene Gehirn, Du siehst das Großhirn und rechts unten das Kleinhirn. Vorne am Großhirn ist deutlich ein Defekt zu erkennen, der zu den oben beschriebenen Sprachstörungen bei »Tan-Tan« führte.

Wie Du in der Abbildung sehen kannst, liegt das Areal, bei dessen Schaden es zu einer »Broca«-Sprachstörung kommt, weiter vorne im Gehirn als das »Wernicke«-Areal. Es liegt näher an den motorischen Arealen und wird dann aktiviert, wenn Du Deiner Mutter antworten willst: »Rosenkohl war schon immer mein Lieblingsessen. Vor allem mit Leber!«

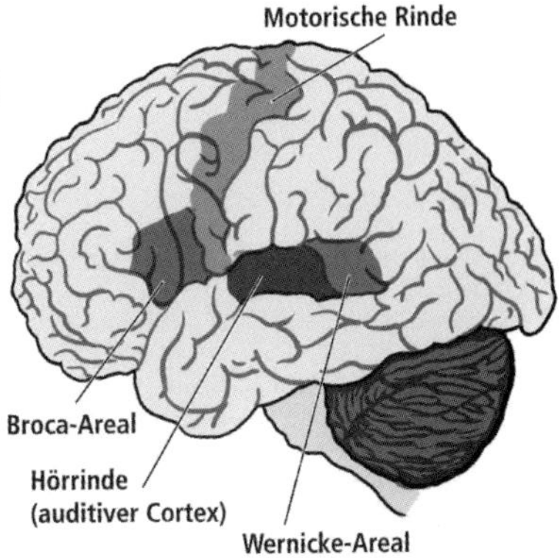

Es ist auffällig, dass sich diese beiden Sprachzentren in der linken Gehirnhälfte befinden. Warum ist das so? Die linke Gehirnhälfte ist bei der Mehrzahl der Menschen etwas größer, besonders im Bereich des Schläfenlappens. Ist sie das nun, weil die linke Seite meist die Sprachzentren beinhaltet? Aber bei Menschenaffen ist sie auch größer – und die sprechen nicht. Sind die Sprachzentren links, weil dort mehr Platz ist? Oder hat das mit einer ganz anderen Asymmetrie zu tun – nämlich der der »Händigkeit«? Über 90 % der Menschen sind mit der rechten Hand geschickter als mit der linken Hand – auch Menschenaffen bevorzugen meist eine Hand, aber etwa die Hälfte der Affen bevorzugt die linke Hand. Also?

Man weiß es nicht! Und es ist wirklich kompliziert: Auch die rechte Gehirnhälfte hat etwas mit Sprache zu tun – zum Beispiel bei der Sprachmelodie: Je nachdem, wie Du den Satz mit dem Rosenkohl von oben sagst, klingt er ernst gemeint oder ironisch. Auch das können wir mit Sprache deutlich machen!

Wie die meisten Hirnforscher hat sich auch *Paul Broca* nicht nur mit Sprache beschäftigt. Er war zum Beispiel der festen Überzeugung, dass unterschiedliche menschliche Rassen verschieden große Gehirne haben und dass die Größe des Gehirns die Intelligenz bedingt. Dabei waren weißhäutige Menschen nach Broca intelligenter als schwarzhäutige, Männer intelligenter als Frauen und Franzosen intelligenter als Deutsche. Um diese Theorien zu »beweisen«, musste er immer wieder neue Regeln der Auswertung und Ausreden erfinden. Man weiß inzwischen sicher, dass Broca mit diesen Theorien irrte. Gehirne genialer Menschen sind nicht größer als Dein oder mein Gehirn. Aber Elefantengehirne sind größer – besser denken oder gar sprechen können sie deswegen noch lange nicht.

Experiment

Du weißt sicherlich, ob Du Rechts- oder Linkshänder bist. Aber gibt es nicht doch Dinge, die Du als Rechtshänder mit links besser machst. Gibt es noch andere Körperbereiche, in denen Du eine Seite bevorzugst? Mit welchem Bein schießt Du einen Fußball? Mit welchem Bein springst Du beim Hochsprung ab? Mit welchem

Auge siehst Du in ein Fernrohr? Und vor allem: Mit welchem Mundwinkel lachst Du mehr, wenn Du wirklich und wenn Du künstlich lachst?

Viele dieser Asymmetrien sind vonseiten der Hirnforschung nicht geklärt, das Gehirn hat aber bei vielen motorischen Tätigkeiten eine bevorzugte Seite. Beim Lächeln ist dies besonders interessant: Immer wieder wird behauptet, dass beim echten Lachen der linke Mundwinkel stärker angehoben wird als der rechte, bei »künstlichem« Lächeln sei es umgekehrt. Diese Theorie ist aber nicht bewiesen. Was sind Deine Beobachtungen?

15. Warum Violinen in Deutschland weiblich sind

Sprachforschung

»Super Bowl«, das Endspiel der American Football League, ist DAS amerikanische Sportereignis und sorgt für höchste Einschaltquoten im Fernsehen. Zum »Super Bowl Sunday« gehören eigene Werbesendungen und eine fulminante Show. Im Jahr 2004 lösten dabei die Popstars *Justin Timberlake* und *Janet Jackson* einen Skandal aus: für wenige Sekunden war aus Versehen Janet Jacksons nackte rechte Brust zu sehen. *That's all? That's all.* Es hagelte Millionen von Beschwerden, die First Lady war entsetzt und der oberste Gerichtshof wurde eingeschaltet.

Würdest Du die beiden Popstars bestrafen? Nein? Kommt darauf an, wie man die Anklageschrift verpackt! In einem Experiment gab die Psychologin **Caitlin Fausey** allen Versuchspersonen eine Beschreibung des Missgeschicks. Allerdings existierten zwei Versionen der Anklage mit kleinen sprachlichen Unterschieden. In der einen Version hieß es: *»Er (Justin Timberlake) öffnete einen Druckknopf und riss die Korsage entzwei.«* In der anderen

Version hieß es: *»Ein Druckknopf öffnete sich und die Korsage riss entzwei.«* Anschließend sollten die Versuchspersonen Geldstrafen für das Geschehene festlegen. Die Versuchspersonen, die die erste Version gelesen hatten, setzten um über 50% höhere Strafen an. Der Effekt hielt auch an, wenn die Versuchspersonen ein Video des Auftritts gesehen hatten.

Das »**Skandalvideo**« *zum Song* Rock your body *gibt es übrigens im Internet bei YouTube unter dem Stichwort »justin timberlake ft. janet jackson«*
(http://www.youtube.com/watch?v=gOLbERWVR30)

Unsere Wahrnehmung der Welt kann durch kleine sprachliche Änderungen beeinflusst werden, auch wenn vermeintliche »Wahrheiten« wie eine Videosequenz vorliegen. Wir werden schnell und heimlich beeinflusst. Lies in den nächsten Tagen mal bewusst die Überschriften der Bild-Zeitung und frag Dich, was sie in Dir auslösen.

O.k., Sprache beeinflusst unsere Wahrnehmung. Aber wenn das so ist, haben dann zum Beispiel Spanier eine andere Wahrnehmung als Franzosen? Im Französischen heißt die Gabel *»la fourchette«* und im Spanischen *»el tenedor«*. Könnte eine Gabel sprechen, so ein Experiment, würden ihr Franzosen eine weibliche Stimme verleihen, Spanier eine männliche. Wir ordnen einer Geige oder einer Brücke eher weibliche Eigenschaften zu, Spanier, in deren Sprache es »der Brücke« und »der Violine« heißt, ordnen diesen Gegenständen eher männliche Eigenschaften zu. Also: Franzosen, Spanier und Deutsche denken verschieden. Aber ist das bedingt durch die unterschiedliche Sprache? Oder haben nicht die Unterschiede im Denken zu unterschiedlichen Wörtern geführt?

Änderungen im Denken, die Menschen mit anderen Sprachgebräuchen haben, sind sehr schwer zu untersuchen. Die australischen Ureinwohner, die Aborigines, haben in unseren Augen sehr wenige Zahlwörter zur Verfügung: »eins«, »zwei« und ein paar in unserem Verständnis unscharfe Wörter für eine größere Anzahl wie »einige« oder »mehrere«. Ebenfalls fehlen Bezeichnungen für »rechts« und »links«, »vorne« und »hinten«. Der Standort wird immer nach Himmelsrichtungen angegeben. Wenn wir unseren Weg zur Eisdiele beschreiben und sagen: »Bei den drei großen Eichen rechts, dann zweihundert Meter geradeaus« – würden dann Aborigines daran scheitern? Wir wissen seit den 1980er-Jahren, dass Aborigines eine bessere räumliche Orientierung haben als unsereiner. Sie werden diese Fähigkeit über Generationen erlernt und weitergegeben haben – die obigen Vokabeln haben sie insofern zumindest für die Orientierung gar nicht nötig.

Dafür pflegen Aborigines einen Wortschatz von bis zu 14 Wörtern für unterschiedliche Formen von Löchern, zum Beispiel *Yulpilpa,* ein kleines, von Ameisen bewohntes Loch – hübsch, oder? Das ist in unserer Umgebung, in der es in der Natur nur ein paar Mause- und ein paar Golflöcher gibt, eher unnötig.

Die Dani, ein Volk aus Neuguinea, kennen nur zwei Farbwörter: »hell« und »dunkel«, aber aus Versuchen in Berkeley, Kalifornien, weiß man, dass die Menschen dieser Gruppe Farben genauso wahrnehmen können wie wir.

Sprache und Denken stehen also in einem sehr engen Verhältnis zueinander und beeinflussen sich gegenseitig. Ein Experiment, das dieses enge Verhältnis aufzeigt, wurde mit Griechen und Engländern durchgeführt. Im Griechischen sind helles und dunkles Blau eigenständige Farben, die mit unterschiedlichen Adjektiven bezeichnet werden *(galazio* und *ble)*. Bei Grün gibt es im Griechischen, wie bei uns, nur ein Wort. Wenn Griechen und Engländern in einem Experiment immer wieder dunkelblaue Kreise gezeigt wurden, gelegentlich unterbrochen von einem hellblauen, dann fand sich in den abgeleiteten Hirnströmen (siehe auch S. 174: *Das EEG)* der Griechen (aber nicht der Engländer) ein deutlicher Ausschlag, der bei Neurowissenschaftlern als Zeichen einer ganz frühen Fehlermeldung des Gehirns gilt, zeitlich wesentlich früher als die Formulierung eines Gedankens. Bei der Farbe Grün fanden die Forscher keinen Unterschied zwischen Griechen und Engländern. Das lässt vermuten, dass die unterschiedlichen Bezeichnungen für Hell- und Dunkelblau bei den Griechen zu einer Veränderung der Wahrnehmung führen.

Wer schon einmal in Griechenland war, kann sich gut vorstellen, dass die vielen Blautöne der griechischen Umgebung im Meer oder am Himmel in der Entwicklung der griechischen Kultur sowohl zu einer differenzierten Wahrnehmung der Farbe Blau als auch zu unterschiedlichen Wörtern dafür geführt haben. Vielleicht wären Kroaten eine geeignetere Kontrollgruppe gewesen als regennasse Engländer.

Gesprochene und geschriebene Wörter haben also Einfluss auf die Art, wie wir denken. Gedanken wiederum fließen in Sprache ein und formen sie. Sprache ist lebendig: In Deutschland wurde aus dem Wort »Unterhaltung« das Wort »Entertainment«. Und »Entertainment« wird gerade zu »Intertainment« und dieses Buch ist vielleicht so etwas wie »Infotainment«. Diese Neuwortschöpfungen werden wiederum unsere Sichtweise auf die Welt beeinflussen – bis wieder neue Wörter entstehen und so weiter.

Aufgabe

Im Deutschen fehlt ein Wort für »genug getrunken haben«, also sozusagen »satt« getrunken. Liegt das daran, dass wir Deutschen unendlich viel Durst haben und im Ausland den Ruf, unersättliche Biertrinker zu sein? Denk Dir eins aus - wenn es sich verbreitet, wird vielleicht weniger Bier gesoffen. Veröffentliche dein Wort im Arena-Forum zu diesem Buch: http://forum.arena-verlag.de. Wir verlosen einen Roman mit Widmung für den kreativsten Vorschlag.

16. Kopfsalat und Handschuhe

Wie das Gehirn Gedichte machen kann

Was, denkst Du, ist das schönste Wort der deutschen Sprache? Nach Wahl einer Fachjury ist es das Wort »Habseligkeiten«. Warum gefällt das Wort vielen? Es verbindet das materialistische »Haben« mit »Seligkeit«, die man ja gerade *nicht* an Besitz festmachen möchte. Das Wort hat eine nostalgische und eine bescheidene Note. Wie Du siehst, eröffnet ein Wort eine ganze Gedankenwelt.

Experiment

Schreibe Deine drei Lieblingswörter auf. Warum gefallen sie Dir besonders gut?

(Die Autorenkinder haben sich auf »Witzbold«, »Holzstapel« und »Sandfranzisko« geeinigt.)

Durch Verknüpfung vieler Worte entstehen Muster, die immer wieder im Gehirn aktiviert werden. Wenn es heißt »Ben küsst ...«, dann entstehen bestimmte Reizmuster, die als folgendes Wort einen Frauennamen erwarten lassen.

Ein Männername wäre ungewöhnlicher, »eine Kröte« sehr ungewöhnlich, dies würde wiederum eine erhöhte Aufmerksamkeit des Hörers oder Lesers nach sich ziehen.

So werden auch Verben gruppiert, Adjektive und Substantive. Wenn Du das Wort »schwarz« hörst, werden zahlreiche andere Wörter im Gehirn aktiviert oder befinden sich in unseren Sprachzentren sozusagen in Habtachtstellung: »weiß« würde dazugehören, »Nacht«, vielleicht »Afrika« usw. »Papier« oder »Marmor« sicherlich weniger. Mit einem Wort verbindet sich oft eine Atmosphäre. Man spricht auch vom »Sphärengeruch« eines Wortes.

Einige wenige Wörter, die wir benutzen, wie »und« und »als«, sind sehr häufig, andere Wörter sind selten. Je seltener ein Wort ist, desto spezifischer ist meist seine Bedeutung. Wenn man einen literarischen Text schreibt, kann man bewusst mit diesen Regeln oder eben gerade gegen diese Regeln arbeiten. Wenn ein Dichter schreibt: *»Ihre Haut war wie Milch«*, merkst Du vielleicht, wie es in Dir zu arbeiten beginnt: Haut und Milch sind nicht deckungsgleich. Milch hat eine eklige Haut, aber ist auch rein und gesund. Es gibt das Land, in dem Milch und Honig fließen.

Stärker wird der Reiz noch, wenn das »wie« weggelassen wird, dann heißt es: *»Ihre Haut war Milch«*, und eine neue **Metapher**, also eine bildhafte Übertragung eines Wortes in einen anderen Zusammenhang, entsteht.

Metaphern sind in unserer Sprache sehr häufig, oft bemerkt man sie gar nicht mehr, wie z. B. bei den Wörtern »Kopfsalat« oder »Handschuh«: Wir haben uns an sie gewöhnt, sie erzeugen keinen Widerstand mehr in unserer Wahrnehmung. Ist eine Metapher aber neu, bleiben wir beim Lesen im übertragenen Sinn »daran hängen«. Es kommt aber schließlich, wenn man die Metapher vor dem eigenen Hintergrund an Erfahrungen auflösen kann, zu einem »Aha-Erlebnis«. In neurophysiologischen Experimenten ließ sich ein »Aha-Effekt« auch an Gehirnsignalen nachweisen: unter anderem im rechten vorderen Schläfenlappen und im vorderen cingulären Gyrus (siehe Atlas in der Klappe).

Hier mal ein paar neue Metaphern – gibt es einen Aha-Effekt bei dir? Gestern hatte ich einen ziemlichen CHATLAG, ich also raus, bisschen ums Eck gegangen und wer kommt mir entgegen, Michi, dieser VOLLHORST.

Manche Metaphern sind ziemlich platt, z. B. »Sophie ist die Sonne«. Wahrscheinlich ruft eine solche Metapher keine stärkeren Signale mehr in uns hervor und der Verfasser dieses Satzes wird sich als Dichter keine Lorbeeren verdienen, die Metapher »hallt« nicht lange in uns nach.

Andere Metaphern wie Andre Bretons »Meine Frau mit Füßen trinkender Kalfaterer« machen es uns zu schwer und wir geben auf. Wenn es aber in einem Frühlingsgedicht bei Karl Krolow heißt »... die grüne Hecke ist ein Zitat ...«, dann erlangt dies eine Bedeutung, nämlich dass der Autor oder wir vielleicht keine eigene Erfahrung mehr mit der Natur und dem Frühling machen, sondern die Zeichen nur noch als Zitate indirekt wahrnehmen.

Sperre Augen und Ohren auf, wenn Du mit ungewohnten Wörtern in Kontakt kommst: Der neue Stadtlieferwagen von Mercedes heißt CITAN, soll also ein Titan in der City sein.

Experiment

Erfinde Wörter für Dinge und Zustände, für die es noch keine Wörter gibt, zum Beispiel:

a) für Kekse, die in die Kaffeetasse gefallen sind,

b) für das Reiben von Münzen an einem Automaten - in der Hoffnung, dass sie endlich im Automaten bleiben,

c) für das Gefühl in den Augen, das man nach einer durchgemachten Nacht hat.

Grad hatte ich's noch

GEDÄCHTNIS UND INTELLIGENZ

17. Ein Stück Gehirn weniger?

Gehirnoperationen in den 50ern

In den 50er-Jahren gab es weniger Behandlungsmöglichkeiten für psychiatrische Erkrankungen als heute. Bei Patienten, die schwer psychisch erkrankt waren, wurden zum Teil psychochirurgische Verfahren angewandt. Das heißt, man entnahm einen Teil des Gehirns in der Hoffnung, dass die Patienten dann weniger Symptome hatten, also beispielsweise weniger unruhig waren oder weniger Halluzinationen erlebten. In einer legendären Arbeit von 1957 beschrieben die Hirnforscher **William Scoville** und **Brenda Milner** ausführlich die Folgen der chirurgischen Eingriffe bei zehn solcher Patienten. Sie entdeckten dabei einen erschütternden Nebeneffekt dieser Operationen: Den Patienten wurde in dieser Serie von Operationen kaum geholfen. Aber sie hatten ihr Gedächtnis verloren.

Waren diese Patienten einwilligungsfähig gewesen? Durfte man in einer solchen Situation zu unerprobten Mitteln greifen? Hat nicht schließlich die Operation für die Nachwelt zu einem Erkenntnisgewinn geführt? Heute dürfte man eine **Gehirnoperation** *ohne gesicherten Nutzen nicht mehr ohne ausführliche Diskussion,*

Aufklärung über die Operation und schließlich das Einverständnis des Patienten oder eines gesetzlichen Betreuers durchführen. Dennoch gibt es immer wieder, gerade bei Erkrankungen, bei denen die Medizin keine gute Behandlungsmöglichkeit hat, ethische Grenzsituationen. Klinische Ethikkomitees, in denen solche Fälle diskutiert werden können, helfen bei der Entscheidungsfindung.

Einer dieser Patienten wurde nicht wegen einer psychiatrischen Erkrankung behandelt, sondern wegen schwerer epileptischer Anfälle. Auch bei dieser Erkrankung standen deutlich weniger Medikamente zur Verfügung als heutzutage. Der Patient hieß *Henry Gustav Molaison*, alle, die von ihm sprechen, nennen ihn aber »H. M.«. Er wurde einer der berühmtesten Patienten in der Weltliteratur der Neurowissenschaften. Als er zehn Jahre alt war, hatte er erste epileptische Anfälle. Am Anfang waren die Anfälle weniger schwer: Für etwa 40 Sekunden reagierte Henry nicht, er hielt die Augen geschlossen und den Mund offen, es hieß, er habe Arme und Beine eigenwillig gekreuzt. Als er sechzehn war, begannen schwere epileptische Anfälle. Sie kamen ohne Warnung. Aus dem Nichts stürzte er und war bewusstlos. Er zuckte am ganzen Körper, biss sich auf die Zunge und verlor Urin. Nur sehr langsam kam er nach solchen Anfällen zu sich. Er konnte nicht mehr arbeiten. Von den Medikamenten wurde er schläfrig, sie nützten kaum. Man wusste keinen Ausweg, die Untersuchungen hatten nicht gezeigt, aus welcher Region des Gehirns die Anfälle kamen.

Aus Verzweiflung, und da man wusste, dass Narben, die solche Anfälle auslösen konnten, häufig in einer bestimmten Region des Gehirns lagen, entschloss man sich, eine ausgedehnte Gehirnoperation vorzunehmen und mögliche auslösende Gebiete im Gehirn zu entfernen. Am ersten September 1953 entfernte man H. M. beide Schläfenlappen (siehe *Hirnatlas* in der Umschlagklappe) über eine Länge von ca. 8 cm. Über die nächsten Tage kam H. M. zu sich. Er erholte sich schnell. Seine epileptischen Anfälle waren zumindest seltener und nicht so ausgeprägt. Aber dann merkte man, dass etwas mit *H. M.* nicht stimmte: Am 26. April 1955 fragte man ihn bei einer Nachuntersuchung, welchen Tag man habe. Er antwortete: »März 1953.« *H. M.* lebte in der Vergangenheit! Er bezog sich, in dem, was er sagte, meist auf Erlebnisse aus seiner Kindheit.

Nur sehr langsam konnte man *H. M.* klarmachen, dass er eine Gehirnoperation gehabt hatte. Da er vor seiner Operation sehr gerne Kreuzworträtsel gelöst hatte, legte man ihm wieder Kreuzworträtsel vor, die er auch in seinen folgenden Lebensjahren gerne löste. Nur die Kenntnisse, die er zum Ausfüllen benutzte, lagen alle vor dem Datum der Operation. Über aktuelle Daten und Ereignisse hatte er kein Wissen. Man untersuchte sein Gedächtnis nun genauer. Fast alles, was er wusste, war Wissen von *vor* der Operation. Alles, was ab dem Datum der Operation geschah, schien für die Erinnerung verloren. Das nennt man in der Fachsprache *anterograd,* also zeitlich vorwärts gerichtet, eine Gedächtnislücke nennt man **Amnesie**. *H. M.* hatte also eine *anterograde Amnesie*. Aber auch an Ereignisse, die kurz vor der Operation lagen, konnte er sich nicht erinnern und manche Gedächtnislücken lagen bis zu zwei Jahre vor der Operation *(retrograd)*. Je weiter vor seiner Operation das Erlebte lag, desto besser konnte er sich daran erinnern.

Die Entfernung der Strukturen des Schläfenlappens im Gehirn des Patienten Henri Gustav Molaison hatte also eine tief greifende Gedächtnisstörung bewirkt. Das zeigt: Wenn Fakten in unser **Gedächtnis** *sollen, müssen sie diese Schlüsselstrukturen des Gehirns passieren.*

Ende der 1980er-Jahre wurden *H. M.* und sein Gedächtnis wieder untersucht. Der damalige Psychologie-Student Mark Mapstone, der die Experimente betreute, musste sich *H. M.* jeden Morgen persönlich vorstellen, denn *H. M.* erkannte ihn nicht wieder. Immer wieder fragte *H. M.* nach den eigenartigen Wagen, die er auf der Straße fahren sah, und war erstaunt über deren Geschwindigkeit. Aber wenn er vor dem Computer im Labor saß, knüpfte er spielend an das an, was er beim letzten Mal am Computer gelernt hatte, also bestimmte motorische Tests und Tastenkombinationen. Auch kurzfristige Merkaufgaben wie »Rufen Sie bitte die Telefonnummer 43 76 28 an« konnte er fehlerfrei ausführen. Daraus schloss man in der Forschung: Es gibt nicht nur eine Form des Gedächtnisses, sondern mehrere!

Das Gedächtnis ist mehr als eine Schublade im Gehirn, in die man Erinnerungen ablegt. Es gibt verschiedene Formen von Gedächtnis, die auch im Gehirn verschiedene Bereiche beanspruchen. Wenn wir umgangssprachlich »Gedächtnis« sagen, meinen wir meist das **»explizite« Gedächtnis**, *das uns ermöglicht, Fakten und Ereignisse zu behalten.*

Es gibt aber auch ein **»implizites« Gedächtnis**, *dessen Inhalt man nicht einfach weitergeben oder erzählen kann. Dazu gehören zum Beispiel gelernte Bewegungen wie Radfahren, aber auch eine Geschicklichkeit am Computer, wie sie H. M. lernen konnte, obgleich er nach unserem früheren Verständnis sein Gedächtnis verloren hatte.*

Noch etwas war aufgefallen: *H. M.* schnitt zwar bei üblichen Gedächtnistests weit unterdurchschnittlich ab, aber seine allgemeine Intelligenz war mit 112 Punkten im überdurchschnittlichen Bereich, bei der diesmaligen Testung sogar eine Spur besser als vor seiner Operation. Seine

Wahrnehmung, seine Fähigkeit zu abstraktem Denken und seine Motivation waren unverändert. Auch konnte er planen und eine Aufgabe strategisch angehen. Wenn Du *H. M.* im Fahrstuhl getroffen und mit ihm über das Wetter geredet hättest, hättest Du nichts von seinen Einschränkungen bemerkt.

An *Henry Gustav Molaison* hatte man gelernt, dass es verschiedene Formen von Gedächtnis gibt. Er starb im Dezember 2008. Aber sein Gehirn, in 2400 Scheiben geschnitten, wird mikroskopisch weiter untersucht – vielleicht birgt es noch weitere Geheimnisse.

18. Ein Star der Gehirnforschung

Erdachtes Interview mit Alois Alzheimer

Alois Alzheimer wurde 1864 geboren. Er schrieb seine Doktorarbeit über die Ohrschmalzdrüse. Als Assistenzarzt mit 25 Jahren fiel ihm eine Patientin in der Psychiatrischen Klinik in Frankfurt auf, weil sie sich besonders ungewohnt verhielt und stark vergesslich war. Fünf Jahre später, nach dem Tod dieser Patientin, berichtete er auf dem Kongress der »Südwestdeutschen Irrenärzte« über sie und die Veränderungen in ihrem Gehirn. Später fiel die gleiche Erkrankung bei vielen Patienten auf und wurde nach Alzheimer als »**Morbus Alzheimer**« (»Morbus«: lateinisch für Krankheit) benannt.

In Deutschland leidet schätzungsweise eine Million Menschen an Morbus Alzheimer oder ähnlichen Erkrankungen. Bei der Alzheimer'schen Erkrankung, die vor allem Menschen über 80 Jahre betrifft, kommt es zunächst zu zunehmenden Gedächtnisstörungen, dann aber über Jahre zu Einschränkungen der Aufmerksamkeit, der Sprache, der Planungsfähigkeit und schließlich zum Verlust der Persönlichkeit. Es gibt Medikamente, die den Krankheitsverlauf etwas bremsen, aber bisher keine Chancen auf Heilung.

»Guten Morgen Herr Dr. Alzheimer.«
»Es ist elf Uhr fünfundvierzig, aber wenn Sie meinen: Guten Morgen.« (Lächelt und rückt sein Monokel zurecht.)

»Sie sind nach Ihrem Tod eine Berühmtheit geworden – was halten Sie davon?«
»Das hatte ich nicht erwartet. Als ich im Jahre 1906 den Vortrag über Auguste D. hielt, wurde er nicht sonderlich beachtet. Es ist mir auch nicht wichtig. Aber ich würde gern wissen, warum inzwischen so viele Menschen von dieser eigenartigen Erkrankung der Hirnrinde befallen werden – ob es nur damit zu tun hat, dass die Menschen jetzt älter werden als zu meiner Zeit?«

»Sie waren Professor. Waren Sie auch ein guter Schüler?«
»Biologie und Mathematik: sehr gut. Französisch, zum Beispiel, lag mir weniger.«

»Waren Ihre Eltern stolz auf Sie?«
»Mein Vater war stolz, aber er zeigte es kaum. Wir waren zu

Hause acht Kinder. Meine Mutter zeigte eher, wie sie sich über uns freute, unabhängig von den schulischen Leistungen. Sie verstarb leider im Jahr meines Abiturs.«

»Wie ging es weiter?«
»Ich bin zum Studium nach Berlin gezogen. Ich war zwanzig Jahre alt.«

»Die Großstadt Berlin, da war ganz schön was los, oder?«
»Ja, es waren ereignisreiche Jahre. Robert Koch entdeckte den Tuberkulose- und den Choleraerreger, Schliemann fand das historische Troja …«

»Ich meine Theater, Klubs, Nachtleben.«
»Das hat mich nicht interessiert. Sehen Sie, ich stamme aus Franken, aus Marktbreit, kennen Sie Marktbreit?«

»Nie gehört.«
»Marktbreit am Main. Jedenfalls ging ich nach Würzburg zurück, zum zweiten Semester. Würzburg am Main, ich hoffe, Sie kennen wenigstens Würzburg. Berlin war mir zu ungestüm.«

»Hatten Sie Angst?«
»Hören Sie, mein Junge, ich hatte wenig Angst. Ich bin im Winter in Würzburg durch den Main geschwommen. Wegen einer verlorenen Wette.«

»Sie waren in einer Studentenverbindung in Würzburg. Einer schlagenden Verbindung.«
»Ja. Ich war im Corps Franconia.«

»Würden Sie uns Ihre Narbe vom Fechten zeigen?«
»Sie sehen ja, links, vom Augenlid bis zum Bart. Aber lassen Sie uns weniger von mir als von Auguste D. sprechen.«

»Sie war Patientin in Frankfurt. In der Psychiatrie.«
»Ja. In der Irrenanstalt. Die Irrenanstalt hatte Hoffmann gegründet. Wissen Sie, wer Hoffmann war? Nein? Er war Direktor der Klinik, er war Abgeordneter im Vorparlament in Frankfurt.«

»Sagt mir nicht viel.«
»Aber den Struwwelpeter, *den kennen Sie? Den hat Hoffmann geschrieben. Erstaunlicherweise das Einzige, an das sich die Leute von ihm noch erinnern. Jedenfalls wurde ich der einzige Assistenzarzt von Hoffmanns Nachfolger. Zwei Ärzte für 254 Patienten. Hoffmann hatte mit dem Neubau auch seine Methoden durchgesetzt. Er sah das Gehirn als Sitz der geistigen Erkrankungen an, geistige Erkrankungen sind letztlich körperliche.«*

»Wie war Ihre Arbeit?«
»Wir versuchten, die Patienten nicht festzubinden, keinen Zwang auszuüben. Manche von ihnen spuckten, urinierten in die Schubladen. Manchmal mussten wir uns direkt körperlich zur Wehr setzen.«

»Hat Ihnen das denn Spaß gemacht?«
»Das war meine Pflicht. Aber lassen Sie uns jetzt wirklich von Auguste D. sprechen.«

»Was fehlte ihr?«
»Sie fiel im Grunde mit einem Eifersuchtswahn auf. Sie verdächtigte ihren Mann, sie ständig zu betrügen. Sie belästigte ihre Nachbarn. Sie war teils unruhig und angetrieben, teils apathisch. Darüber hinaus merkten wir, dass sie massive Einbußen im Gedächtnisbereich hatte. Das war besonders angesichts ihres Alters von nur 51 Jahren aufgefallen.«

»Aber Morbus Alzheimer ist doch vorwiegend eine Erkrankung von alten Menschen, oder?«
»Ja, jetzt sieht man es wohl so. Damals haben wir das nicht unbedingt gedacht.«

»Und wie sind Sie der Erkrankung auf die Spur gekommen?«
»Ich habe das Gehirn untersucht, nachdem die Patientin verstorben war. Ich untersuche immer die Gehirne. Ich ließ mir das Gehirn nach München nachschicken. Dieses Gehirn, wie viele andere mit dieser Erkrankung, zeigte insbesondere zwei typische Veränderungen. Nämlich die Ablagerungen von Eiweißstoffen, die die Nervenfunktionen stören. In den Zellen sind Fibrillen abgelagert, außerhalb der Nervenzellen liegen Amyloidablagerungen. Diese Ablagerungen sind das histologische Korrelat der Erkrankung.«

»Das was?«

»Die feingewebliche Entsprechung der Erkrankung. Das, was die Erkrankung im Gewebe kennzeichnet. Was man unter dem Mikroskop sieht und die Erkrankung von gesunden Gehirnen unterscheidet. Verstehen Sie?«

»Ach so. Also Ablagerungen, sozusagen Müll im Gehirn?«

»Müll? So würde ich das nicht sagen. Jedenfalls gehört es dort nicht hin. Es gehört wegtransportiert.«

»Verstehe (also doch Müll, aber das sage ich nicht). Vielen Dank, Herr Dr. Alzheimer.«

»Gern geschehen. Machen Sie was draus.«

19. Pimp your brain

Über Gedächtnistraining

So gern wir die Speicher unserer Computer ständig vergrößern wollen, so gern würden wir doch auch die Speicherkapazität unseres Gehirns vergrößern. Oder? Aber der Vergleich hinkt, das Gehirn ist weit mehr als ein Speicher, es ist ein phänomenales, multidimensionales Organ für Verknüpfungen. Es ist mehr als die Summe seiner Teile und wir sollten es besser kennenlernen. Dann lässt sich vielleicht sogar unsere Gedächtnisleistung verbessern.

Rekordgedächtnis

Ben Predmore, der den Rekord im Spielkartenauswendiglernen hält, kann die Reihenfolge der Spielkarten eines Skatspiels in 30 Sekunden memorieren. Du mischst die Karten, er hat 30 Sekunden Zeit, sich alle Karten in ihrer Reihenfolge einzuprägen, dann wird das Spiel wieder zugedeckt und er benennt Karte um Karte und deckt sie zur Kontrolle auf. Und wenn man will, macht er das auch mit sechs Kartenspielen hintereinander.
Auf YouTube gibt es ein Video dazu, nimm die Stichworte »Fastest Brain on earth« oder den Link http://www.youtube.com/watch?v=Yp9qF-SjJZk.

Wenn man diesem Gedächtniskünstler zusieht, bemerkt man, dass er wirklich intensiv die Reihenfolge der Karten lernt. Dazu braucht er Konzentration. Du weißt: Wenn das Telefon klingelt, die Geschwister blöken oder eigentlich wesentlich interessantere Sachen anstehen, kann man schlecht lernen. Aber wenn man seine Aufmerksamkeit gezielt auf etwas richtet, nimmt man Informationen mit, die anderen entgehen. Sherlock Holmes, die berühmte Detektivfigur, die sich Sir Arthur Conan Doyle ausgedacht hat, ist ein gutes Beispiel dafür. Er ist kaum eine Treppe gestiegen, bei der er sich nicht Details zur Anzahl der Stufen oder dem Abnutzungsmuster gemerkt hätte.

Experiment

Du glaubst, du weißt, wie ein 1-Euro-Stück aussieht? Schließlich hast du die Münze ja täglich in der Hand? Na dann: Welche der Zeichnungen zeigt das richtige Münzbild? (Lösung auf S. 216)

a) b) c)

Du siehst also: Eine Voraussetzung dafür, dass wir uns etwas merken, ist, ob wir es aufmerksam zur Kenntnis nehmen. Das 1-Euro-Stück hat man eben doch nicht so genau im Kopf, wie man denkt.

Ein gegenteiliges Beispiel, bei dem große Aufmerksamkeit herrschte: Frag mal Deine Eltern, wo sie am 11.9.2001 waren, also zu dem Zeitpunkt, als sie von den Anschlägen auf das World Trade Center hörten? Wahrscheinlich werden sie sich daran erinnern, wo sie sich befanden, als sie die Nachricht vernahmen. Dieser Moment hat sich tief in ihr Gedächtnis eingebrannt, weil er mit so vielen starken Gefühlen verbunden war. Sicherlich kannst Du Dich auch an einzelne Augenblicke, Stunden oder Tage Deines Lebens, die mit starken Gefühlen verbunden waren, sehr gut erinnern.

Eine der Schlüsselstrukturen für die Wahrnehmung und Verarbeitung von Gefühlen im Gehirn, die **Amygdala**, liegt direkt vor einer der Schlüsselstrukturen für das Gedächtnis: dem **Hippocampus** (siehe Grafik S. 91). Die beiden Strukturen sind eng miteinander verbunden: in der Regel werden Momente intensiver positiver und negativer Gefühle auch besser erinnert.

Moment mal – das hieße ja, dass man, wenn man beim Lernen intensive Gefühle hat, sich auch besser daran erinnern kann? So ist es! Deswegen versuchen gute Lehrer auch, Dich für ihr Fach zu begeistern. Auch das funktioniert sowohl mit positiven als auch mit negativen Gefühlen: An Anschuldigungen oder Beschimpfungen eines Lehrers (wenn sie nicht dauernd vorkommen) erinnert man sich lange und intensiv.

Könnte man nicht sein Gedächtnis verbessern, indem

man das, was man sich merken will, an Gefühle »knüpft«? Im Prinzip ja, aber Gefühle z. B. für die Reihenfolge preußischer Könige im Geschichtsunterricht zu entwickeln, ist schwierig. Kann man sein Gedächtnis sonst irgendwie verbessern? Kann man es trainieren wie seine Muskeln? Ja! Man kann es mit einigen Strategien verbessern. Solche Systeme nennt man auch »Mnemonics«, von griechisch *mnemonikâ* für Gedächtnis. Hier sind einige solche »Mnemonics« oder Tipps:

Konzentriere Dich! Angenommen Du willst Dir Namen auf einer Party merken, dann erkenne die Ablenkungen, etwa die Musik, viele Leute und so weiter, und blende sie weitgehend aus. Also: Ein Mädchen stellt sich Dir vor und sagt Dir ihren Namen und dabei fällt Dir ihr seltsames Top auf – schon verloren. Konzentriere Dich bei der Vorstellung auf den Namen Deines Gegenübers. Wiederhole ihn am besten für Dich. Wenn Du ihn nicht verstanden hast oder nicht ganz sicher bist, frag noch mal, denn, wie wir gesehen haben, verstärkt Wiederholung die Gedächtnisleistung. Aber nicht dreimal fragen, sonst brauchst Du Dir den Namen nicht mehr zu merken, weil Dein Gegenüber wahrscheinlich keine Interesse hat, mit jemandem in Kontakt zu treten, der immer dreimal nachfragt.

Mach Dir ein Bild! Das mit dem Merken des Namens hat bei der ersten Party überhaupt nicht geklappt, obwohl Du Dich voll konzentriert hast? Dann versuch's mal auf der nächsten Party mit folgendem Trick: Dein Gegenüber nennt sich Bernd. Schau Dir sein Gesicht an, es ist freundlich und rund. Seine Bewegungen etwas tapsig. Dann ist er ab jetzt »Bernd der Bär«. Und

Du wirst sehen, das sitzt bis zum Ende der Party. Aber wenn Bernd das ganze Gegenteil ist? Dürr und zappelig? Hmmm. Dann merkst Du Dir einfach »Bernd, den Anti-Bären«. Läuft er krumm? »Bananen-Bernd«. Je skurriler, fremdartiger, desto besser bleibt das Bild im Gedächtnis hängen. Du musst ein bisschen üben, damit das klappt. Gedächtnisprofis haben eine ganze Liste von Bild-Namen-Verknüpfungen im Kopf.

Ich kenne einen Kellner, der sich, wenn der Laden voll ist, die Bestellung mit groben Bildern merkt (deswegen möchte er hier nicht namentlich genannt werden). Also: Er stellt sich vor, wie er dem Rotgesichtigen das große Bier, das der bestellt hat, über den erhitzten Kopf gießt und

es zischt und wie er seiner aufgeputzten Begleiterin die Weißwürste als Kette um den Hals legt.

Die meisten solcher **Lernhilfen** *beruhen auf der Verknüpfung von dem, was Du lernen willst, mit Bildern, die gut im Gedächtnis bleiben.*

Es gibt noch eine gute Möglichkeit, die besonders gern benutzt wird: Sie heißt »**Loci-Technik**«. Man kann sie benutzen, wenn man einen Vortrag halten soll, zum Beispiel in der Schule, und keinen kleinen Spickzettel benutzen will, wie Fernsehmoderatoren. *Locus* bzw. *loci* kommt aus dem Lateinischen und heißt Ort bzw. Orte.

Experiment

Versuche, dir die folgenden Worte zu merken: Streichholz, Mehl, Bananen, Staubsaugertüten, Rosenkohl, Radieschen, Lutscher, Shampoo, Gummihandschuhe, Zahnpasta. Los geht's, Du hast eine Minute Zeit!

So... wie viele Worte konntest Du behalten? Alle? Ich glaube Dir kein Wort. Vielleicht fünf? Jetzt versuch es mal mit der **Loci-Methode:**

Stell Dir Deine Wohnung oder Dein Haus vor. Stell Dir vor, wie Du nach Hause kommst und welchen Weg Du zuerst gehst. Sagen wir, Du schließt auf, trittst Dir die Füße an Eurem großen Abtreter ab, guckst in den Briefkasten, gehst an die Garderobe, dann in die Küche und guckst erst einmal in den Kühlschrank usw. Also, schreibe hier Deine Loci-Liste auf, damit Du immer die gleiche benutzt. Sie sollte zehn Stellen zu Hause umfassen.

________________ ________________

________________ ________________

________________ ________________

________________ ________________

________________ ________________

Jetzt verknüpfst Du in Deiner Vorstellung die Gegenstände im Haus mit den Gegenständen, die Du Dir merken willst: Jemand hat ein Streichholz ins Schloss gesteckt, Du musst es erst entfernen. Als Du die Füße abtrittst, staubt Mehl auf, der Abtreter war gepudert. Im Briefkasten ist ein Bündel Bananen, und als Du an die Garderobe kommst, um Deine Jacke aufzuhängen, hängt über jedem Haken eine Staubsaugertüte. Der Kühlschrank ist über und über gefüllt mit Rosenkohl usw.

Und? Wenn Du das wirklich gemacht hast, wirst Du Dir mehr Gegenstände merken können als beim ersten Mal.

O.k. Das waren ein paar Tricks, um sich Wörter besser zu merken. Geht das auch mit Zahlen? Zum Beispiel mit Telefonnummern? Auch dafür gibt es eine Technik, die einem das Behalten längerer Zahlen erleichtert, die sogenannte **Segmentierungstechnik**.

Stell Dir Folgendes vor: Am Flughafen siehst Du den Jungen/das Mädchen Deiner Träume und er/sie sieht Dich auch und findet Dich unwiderstehlich. Aber Ihr beide müsst rennen, sonst verpasst Du den letzten Flug nach New York und er/sie den letzten auf die Bahamas. Er/sie dreht sich in der Gangway noch einmal um, Eure Blicke begegnen sich (vorläufig) zum letzten Mal und er/sie ruft Dir seine/ihre Telefonnummer zu: *00121297161992*.

Kein Problem, das ist ja alles, was ich brauche, denkst Du. Dann kommt der Last Call für einen Passenger namens Miller, Flight 5372, abflugbereit am Gate 25. Jetzt versuchst Du, Dir die Nummer aufzuschreiben, aber verdammt, Du bist Dir nicht mehr sicher, wie sie ging. War da eine 71 drin oder eine 72? War am Anfang eine 21 oder eine 29 oder eine 25?

Die Lösung ist: Versuche, die Zahlen, nachdem Du sie gehört hast, zu *segmentieren*, d. h. in kleine Häppchen zu teilen, die sich besser merken lassen. Dann könnte Deine Nummer lauten: *001 212 97 16 1992*. Damit, klein gehackt und portioniert, kann man sich in aller Regel die Zahl bereits besser merken.

Wenn Du willst, stellst Du Dir zusätzlich bei 001 einen James Bond vor, der aber die Nummer 1 ist und nicht die

7, die 212 kennst Du als Vorwahl von New York, Deine Urgroßmutter ist 97 geworden, Du bist 16 Jahre alt und 1992 ist Deine große Schwester geboren. Du kannst das noch in eine Szene packen: Der einzige James Bond kommt nach New York und trifft sich mit Deiner Großmutter, Dir und Deiner großen Schwester, der er ein Geburtstagsgeschenk übergibt. Die Bilder sind für Dich nicht stimmig? Dann versuche, die Zahlen für Dich so zu segmentieren, dass *Du* sie Dir gut merken kannst!

Es gibt noch viel mehr solcher Techniken und Hilfen, zum Beispiel **Merksprüche** (»Wer nämlich mit ›h‹ schreibt, ist dämlich«) und **Akronyme** (wie »EDV« oder »ADAC«). Zum Beispiel auf der Webseite
http://www.pohlw.de unter
Homepage > Unterricht und Lernen > Das Lernen lernen > Eselsbrücken
(http://www.pohlw.de/lernen/kurs/eselsbru.htm).
Oder in Wikipedia unter »Merkspruch«
(http://de.wikipedia.org/wiki/Merkspruch).

20. Ich habe nie kapiert, was Intelligenz ist

Ein Expertengespräch

Frau Professor Dr. Dr. Wirrwarr und Herr Professor Rastlos treffen sich immer mittwochs um 13 Uhr 15 in der MENSA der Universität Heidelberg zum gemeinsamen Mittagessen. Frau Professor Wirrwarr ist Lehrstuhlinhaberin für soziologische Anthropologie und Theologie. Außerdem hält sie den südwestdeutschen Seniorenrekord im Stabhochsprung. Professor Rastlos ist Neurobiologe. Er fährt gern Elektrofahrrad.

Frau Professor Wirrwarr isst in der Regel den kleinen Salat und die Tagessuppe. Herr Professor Rastlos nimmt den Rollbraten oder die Haxe.

Rastlos: »Ich habe einen IQ von 135.«

Wirrwarr: »Sie sollten sich das auf ein T-Shirt drucken lassen. Oder so was wie ›Ich bin gut in der Birne‹. Sie Intelligenzbestie! Aber Vorsicht, falls jemand Ihren IQ nachprüft. Um mir zu imponieren, sollten Sie sich einfach besser rasieren.«

Rastlos: »›Ich bin gut im Bad‹, was? Ich habe Besseres zu tun, als mich zu rasieren. Wie hoch ist denn Ihr IQ?«

Wirrwarr: »Das sage ich Ihnen lieber nicht, sonst werden Sie neidisch. Wissen Sie, was mich das Leben gelehrt hat? Wahre Größe liegt in der Bescheidenheit. Basta. Wirklich große Geister geilen sich nicht an künstlichen Zahlen auf. Wirklich große Geister wissen, dass es Wichtigeres gibt als eine Zahl zwischen vierzig und hundertfünfzig, die unser Gehirn einschätzen soll. Der IQ, sage ich immer meinen Studierenden, ist die PS-Zahl des Gehirns und dient in erster Linie zum Prahlen. Wissen Sie, was ich glaube? Sie trainieren heimlich IQ-Tests, um besser zu werden.«

Rastlos: »Werden Sie nicht unsachlich, Frau Kollegin. Wissen Sie überhaupt, was Intelligenz ist?«

Wirrwarr: »Klar. Jeder weiß, was Intelligenz ist. Sie nicht? Un-

ter Intelligenz versteht man die Fähigkeiten, die Menschen einer Kultur erfolgreich machen!«

Rastlos: »Das ist mir zu politisch. Intelligenz ist eher eine zusammengesetzte Fähigkeit. Man braucht Intelligenz, um zweckvoll zu handeln, vernünftig zu denken und sich mit seiner Umgebung wirkungsvoll auseinanderzusetzen. Das hat Wechsler gesagt, der Erfinder des wichtigsten Intelligenztests.«

Wirrwarr: »Sie geben es indirekt zu: Intelligenz ist das, was Intelligenztests messen. Es gibt sicherlich fünfzig solcher Tests und jedes Jahr werden es mehr. Also: Das können Sie in der Pfeife rauchen.«

Rastlos: »Ich rauche keine Pfeife. Das tun nur Leute, die sich für intelligent halten. Dabei schadet es der Intelligenz.«

Wir ziehen uns nun von den beiden Professoren zurück, die noch eine Weile im Gang der Mensa stehen und sich streiten werden. Intelligenz ist offensichtlich eine aus verschiedenen geistigen Fähigkeiten zusammengesetzte Größe. Es gibt keine allgemein anerkannte Definition von Intelligenz. In den üblichen **Intelligenztests** werden unterschiedliche Fähigkeiten, aus denen sich Intelligenz mutmaßlich zusammensetzt, wie zum Beispiel Sprachverständnis, Rechenfähigkeit und Gedächtnis, in Untertests überprüft, meist nach Schwierigkeit gestaffelt. Die erreichte Punktezahl wird zusammengezählt. Das bedeutet, dass eine Person eine Art »Intelligenzspektrum« hat. Sie wird in einzelnen Testbereichen besser abschneiden als in anderen. Meist aber schneidet eine Person in den einzelnen Tests ähnlich ab, es muss also eine Art »Generalfaktor« geben, der Intelligenz bestimmt.

Intelligenzquotient (IQ) *heißt es übrigens nur, weil man früher bei Kindern und Jugendlichen einen Quotienten von Intelligenzalter zu Lebensalter gebildet hatte. Dazu teilte man das »Intelligenzalter« durch das »Lebensalter« und nahm das Ganze mal hundert. Wenn man in dem Gesamttest genauso gut abschnitt, wie für das Lebensalter angemessen, hatte man also einen IQ von hundert.*

Und, glaubst Du, dass Du bei solchen Tests gut abschneidest? Wenn Du es ausprobieren willst: Hier ist ein kleiner Test. (Gib's zu: Das reizt Dich schon, oder?) Die Aufgaben haben wir zum Teil der Webseite www.testedich.de (www.testedich.de/tests/iqtest2.php3) entnommen und etwas verändert. Die Antworten gibt's auf Seite 216.

1. Welche Aussage von a bis e begründet folgende Behauptung?
Nach dem Trinken von Alkohol Auto zu fahren,
ist die Ursache vieler Unfälle.
a) Der Mensch trinkt zu viel Alkohol.

b) Mit mehr als 0,8 Promille sollte man nicht mehr Auto fahren.
c) Die Chance, ein Unglück nach Alkoholgenuss zu verursachen, liegt bei 20 %.
d) Alkohol vermindert die Fahrfähigkeiten.
e) Die Polizei sollte mehr Alkoholkontrollen durchführen.

Jetzt machen wir es ein bisschen schwerer:

2. Lies alle Informationen über die Lampen A bis D. Überlege: Welche Lampe leuchtet am kräftigsten?
a) Lampe A leuchtet nicht so kräftig wie die Lampe B.
b) Lampe B leuchtet kräftiger als die Lampe C.
c) Lampe C leuchtet genau so kräftig wie die Lampe D.
d) Lampe B leuchtet kräftiger als die Lampe D.
e) Lampe D leuchtet kräftiger als die Lampe A.

3. Lies die Zahlenfolgen laut durch, schließe die Augen direkt danach und sage die Zahlen rückwärts auf. Los geht's:

8 – 1 (Augen zu und »1 – 8« sagen)
9 – 2
3 –5 –7
4 – 6 – 2 – 9
6 – 8 – 3 – 5 – 7
5 – 7 – 9 – 2 – 5 – 1
Und jetzt für Masterminds: 6 – 8 – 3 – 4 – 6 – 9 – 2

(Ich kannte einen, der saß immer bis nachts in seinem Arbeitszimmer und forschte. Er macht bis heute wirklich gute Forschung, so weit ich das beurteilen kann. Er behauptete, er könne neun Zahlen rückwärts. Super oder? Seinen Namen sage ich nicht, sonst wird er böse. Er ist aber, glaube ich, kein besonders glücklicher Mensch. Und besonders beliebt war er auch nicht.)

Jetzt aber zurück zum Test:

4. Führe die Zahlenfolge weiter: 3, 5, 8, 13, 21 ☐

So, wenn Du noch nicht genug hast, noch eine ziemlich heftige:

5. Führe die Zahlenfolge weiter: 3, 6, 18, 72, 360 ☐

6. Jetzt sieh Dir dieses Objekt an. Zwei der vier Zeichnungen darunter zeigen dasselbe Objekt. Welche?

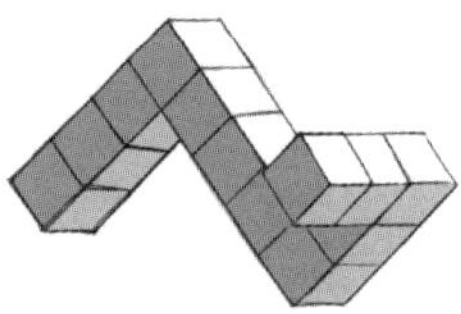

a)

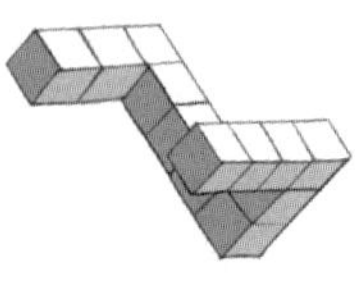

b)

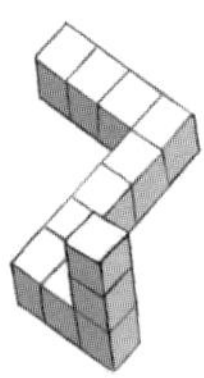

c)

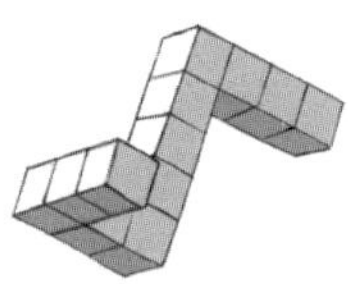

d)

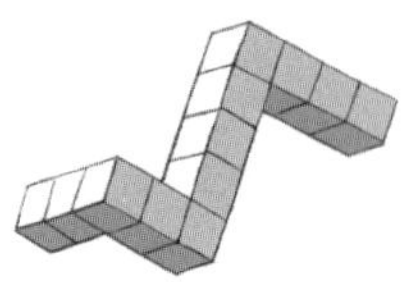

So. Bist Du durch mit den Aufgaben? Willst du Deinen IQ? Können wir Dir nicht sagen. Wenn Du einen offiziellen IQ-Test machen würdest, dann wäre die Wahrscheinlichkeit, dass er zwischen 85 und 115 IQ-Punkten läge, bei etwa 68 %. Die Tatsache, dass Du dieses Buch liest, also ein gewisses Interesse an schwierigen Dingen zeigst, weist allerdings darauf hin, dass Dein IQ wahrscheinlich eher zwischen 100 und 120 liegt. Die Chance, dass er 130 oder mehr beträgt, liegt ungefähr bei 2 %.

Natürlich gibt es viele Faktoren, die in das Ergebnis eines Intelligenztests einfließen. Ob man ausgeschlafen ist, ob man schon öfter einen Intelligenztest gemacht hat, ob man die Aufgaben verstanden hat und auch ob man sich die Lösung der Aufgaben zutraut! Wenn über einer Aufgabe steht: »NUR FÜR MATHEGENIES GEEIGNET«, dann hätten viele, die sich nicht für Mathegenies halten, sondern für eher unbegabt, schlechter abgeschnitten, als sie das ohne Ankündigung getan hätten.

Wenn wir vor dem Test geschrieben hätten, bei diesem Test schneiden die Jungen besser ab als die Mädchen, dann wären tatsächlich die Jungen besser geworden, als sie es ohne die Vorbemerkung geworden wären. Dazu gibt es viele Untersuchungen.

Das heißt: Wer sich bei solchen Aufgaben mehr zutraut, ist etwas besser, als wer sich wenig zutraut. Motivation und gesundes Selbstbewusstsein sind wichtige Voraussetzungen für erfolgreiches Abschneiden bei Tests.

Auch **Erwartungen** an eine Person oder einen Schüler spielen eine Rolle für das Ergebnis, welches bei einem Test erzielt wird. Wenn Menschen wissen, dass ihr Arbeitsergebnis genauer begutachtet wird, steigt ihre Leistung. Diesen Effekt nennt man »**Hawthorne-Effekt**«, nach einem Experiment aus den 20er-Jahren in den USA. Auch die Erwartungen eines Lehrers an einen Schüler spiegeln sich unter Umständen im Testergebnis wider. Diese Effekte haben unter anderem **Robert Rosenthal** und **Leonore Jacobson** in den 60er-Jahren untersucht, der Effekt heißt auch »**Rosenthal-Effekt**«.

Die Intelligenz scheint sich mit etwa 11 bis 13 Jahren zu stabilisieren. Bis dahin ist ihre Entwicklung von vielen Dingen abhängig, unter anderem von angeborenen Voraussetzungen, von der Familienstruktur, von psychischer Gesundheit, der Schule und zahlreichen anderen Faktoren. Einige dieser Faktoren müssen auch dazu beitragen, dass der durchschnittliche Intelligenzquotient einer Bevölkerung alle 10 Jahre um etwa 3 Punkte steigt. Leider tun das die Schulnoten nicht.

Wenn man sich das alles überlegt, ist es vielleicht ganz gut, dass nicht jeder mit seinem IQ auf dem T-Shirt herumläuft. Denn der Intelligenztest allein sagt recht wenig aus.

Was ist zum Beispiel mit sogenannter emotionaler Intelligenz? Und gibt es nicht so etwas wie praktische Intelligenz? Wir freuen uns doch heimlich, wenn das Mathegenie

aus der Klasse daran scheitert, sein Fahrrad zu reparieren, oder? Diese Faktoren werden in den bisherigen Intelligenztests nicht gemessen.

Intelligenz *ist also eine zusammengesetzte Größe aus einigen verschiedenen geistigen Fähigkeiten des Menschen.*

11. Unglück? Vergiss es!

An der Schnittstelle zwischen Gefühl und Gedächtnis

Erinnert Ihr Euch gut an eine besonders unglückliche Situation? Oder an eine besonders peinliche? Bei mir ist das so. Zum Beispiel erinnere ich mich intensiv an eine Party, zu der ich eingeladen war, als ich vielleicht 14 oder 15 Jahre alt war. Eine Faschingsparty bei einer sehr hübschen Frau, die ich bisher kaum kannte. Ich machte den Fehler zu glauben, dass man sich auf einer Faschingsparty verkleiden sollte. So wurde ich, als Pelztierjäger verkleidet, von meinen Eltern auf die Party gefahren. Mit Bart, Flinte, Pelzmantel und Stiefeln. Aber dort war außer mir keiner verkleidet, bestenfalls hatten einige flippige Klamotten an oder ein bisschen Glitzer auf der Haut. Peinlich! An die Begrüßung und die Blicke der anderen erinnere ich mich gut. Die hübsche Frau habe ich nicht näher kennengelernt.

Bei wirklich schlimmen Ereignissen lässt sich aber immer wieder beobachten, dass Menschen sie weitgehend vergessen. Ich selbst habe einen jungen Patienten gesprochen, der sich den nagelneuen Sportwagen seines besten Freundes geliehen hatte. Nach Angaben der Polizei hatte er den Wagen auf der Bundesstraße zu Schrott gefahren. Dann war er nachts etwa 10 km vom Unfallort entfernt aufgegriffen worden und konnte sich an nichts mehr erinnern, nur noch an seinen Vornamen. Alkohol war der Blutprobe nach nicht im Spiel. *Konnte* er sich nicht erinnern oder *wollte* er sich nicht erinnern? Kann man das überhaupt trennen? Aus Untersuchungen aus den USA ist bekannt, dass solche »**psychogenen Amnesien**« (also seelisch ausgelöstes Vergessen) häufig bei Soldaten vorkommen sollen, die Untersuchung spricht von 14%.

Es gibt einen recht bekannten, beispielhaften Fall für eine »psychogene Amnesie«. Ein Mann war über einen Tag lang durch das Stadtzentrum von Toronto geirrt, bis er sich in ein Krankenhaus einweisen ließ. Er konnte sich nach eigenen Angaben an nichts anderes mehr erinnern, außer dass er mit Spitznamen »**Lumberjack**« hieß. Der ihn damals betreuende Psychologe und heutige Professor für Psychologie in Harvard, *Daniel Schacter*, testete Lumberjacks Gedächtnis auf die übliche Weise: Er las ihm Wörter vor, die er nachher wieder abfragte. Lumberjack zeigte dabei ein normales Erinnerungsvermögen. Er konnte auch die Gesichter Prominenter auf Fotos erkennen. Aber seine persönlichen Erinnerungen beschränkten sich auf seine Kindheit und eine Phase, in der er im späteren Leben glücklich gewesen war. Also eine Art »Gedächtnisinsel«. In den folgenden Tagen, ausgelöst durch eine Begräbnisszene in einem Film, kam seine Erinnerung zurück. Er berichtete, dass er vor Kurzem bei der Beerdigung seines

Großvaters gewesen war, einem der wenigen Menschen, die ihm etwas bedeutet hatten. Dies hatte vermutlich seine Gedächtnisschwierigkeiten ausgelöst. Die Berichte aus seiner Kindheit waren traurig, er hatte wenig andere Kontaktpersonen.

Wie Du Dir vorstellen kannst, kann so ein Vergessen gewaltige Folgen haben. Zum Beispiel für Gerichtsprozesse. Der Angeklagte oder das Opfer können sagen, dass sie sich nicht mehr erinnern können. Ob das eine bewusste Täuschung ist oder tatsächlich ein Vergessen, kann oft nicht völlig geklärt werden. Üblicherweise lassen die seltenen echten »psychogenen Amnesien« nach wenigen Tagen nach.

Wir wissen aber auch, dass das Gedächtnis getäuscht werden kann. Werden Menschen immer wieder mit einer erdachten Geschichte konfrontiert, die ihnen angeblich als Kind passiert ist, fließt diese Geschichte in ihre Erinnerung mit ein. Irgendwann kann derjenige nicht entscheiden, was echte und was falsche Erinnerung ist.

Ereignisse wie die bei Lumberjack sind selten. Außerdem treten sie häufiger bei Menschen auf, die bereits einmal eine Gehirnverletzung hatten. Auch Lumberjack erlitt im Alter von 4 Jahren bei einem Autounfall eine Verletzung des rechten Schläfenlappens. Trotzdem: Die Grenze zwischen »Nicht-erinnern-Wollen« und »Nicht-erinnern-Können« ist schwer zu ziehen. Auch der Patient, den ich gesehen hatte, konnte sich nach wenigen Tagen langsam wieder an das geliehene Auto und den Unfall erinnern, inzwischen sind die Schulden abbezahlt und die Geschichte weitgehend vergessen – im übertragenen Sinn. Ich selbst bin aber bei Faschingspartys weiterhin sehr vorsichtig und verkleide mich selten.

11. Wie ich Spucke gesammelt habe

Ein weltberühmtes Lernexperiment

»Iwan Pawlow, der mein Herrchen ist, hat den Nobelpreis bekommen, Gott habe ihn selig. Es ist Vätterchen gegönnt, das viele Geld, aber einen guten Knochen hätten wir schon verdient gehabt bis dahin.

Aber als er zurückkam vom schwedischen König, da begann seine große Serie von Spuckeexperimenten. Er hat Egorij und mir Glasröhrchen eingepflanzt, von der Lefze herunterhängend. Ohhh, das hat gezwibbelt am Anfang und ich konnte nicht liegen auf Seite, später ging besser. Damit hat er unsere Spucke gesammelt und unsere gute Spucke von russischen Zwingerhunden hat gemacht eine psychologische Revolution, sagt man. Auch hat er uns gesetzt auf ein Tisch zum Essen, wo wir doch gelernt hatten, dass der Platz von Hund ist unter Tischen. Er hat uns auch festgebunden auf dem Tisch, mal Egorij und mal mich. Vor unserm Kopf war eine Wand und da kam das Essen. Wenn kommt das Essen, läuft bei uns schon mal Spucke in das Maul wie bei Euch. Nur dass das bei Mensch Mund heißt und bei Hund Maul, aber es ist das Gleiche. Und unser Herrchen hat spekuliert, dass Spucke ist eine psychologische Signal.

Dann hat er angefangen, Geräusche zum Essen zu machen, obwohl man das auch nicht soll. Das habe ich gelernt, aber ich bin ja nur ein Hund. Mit dem Metronom, mit Hupe und mit Glocke. Am Schluss nur noch mit Glocke und er hat uns gegeben Futter, wenn geklingelt hat Glocke. Immer Glocke, Futter, Glocke, Futter. Nie umgekehrt. Aber dann ist wohl geworden das Futter knapp und manchmal hat nur die Glocke gebimmelt und war kein Futter mehr da. Sonst hat nicht so gestört beim Essen die Glocke, nur der Mund war trocken, weil die Spucke in das Röhrchen gelaufen ist und am Maul vorbei.

Nun hat sich Vätterchen Pawlow immer sehr gefreut, wenn wir alles gegessen hatten. Und weil wir gern haben, wenn sich Vätterchen freut, haben wir immer gut gegessen. Und dann, eines Tages, wir haben gemerkt, dass Iwan sich hat gefreut, wenn wir viel Spucke ins Röhrchen gemacht hatten, und er hat uns gekrault hinter den Ohren und wir kriegten ein Tag frei und er ist herumgehüpft im Labor und so etwas.

Und dann wir haben natürlich kräftig gespuckt, egal ob Essen kam oder nur Glöckchen, einfach, dass sich Iwan Petrowitsch gefreut hat über ein bisschen Hundespucke im Glas und vielleicht damit berühmt wird.

So war das mit Iwan und uns und am Ende ist er bekannt gewesen auf der Welt, nun ja, wie ein bunter Hund.

PS: Wenn Du uns besuchen kommst, lieber an Labortür klopfen, statt zu klingeln.«

Iwan Petrowitsch Pawlow (1849–1936), ein berühmter russischer Physiologe, entdeckte, dass seine Laborhunde Speichel absonderten, wenn sie demnächst mit der Fütterung rechnen konnten. In seinen bekanntesten Experimenten ließ er dann der Futterausgabe einen Glockenton vorangehen. Nach einer Weile konnte er auch bei isolierten Glockentönen *ohne* Futterausgabe vermehrten Speichelfluss verzeichnen. Auch bei uns fließt, wenn wir Essen sehen oder riechen und Hunger haben, vermehrt Speichel. Wenn wir vor jedem Essen ein Glöckchen hören, dann wird, wenn wir diesen Zusammenhang gelernt haben, der Speichel vermehrt fließen, auch wenn wir nur das Glöckchen hören.

Dieses Prinzip der **Klassischen Konditionierung** ist eine grundlegende Lernform: Ein vorher weitgehend neutraler Reiz (Glockenton) wird in Verknüpfung mit der Essensgabe zu einem sogenannten »bedingten Reiz«.

Man kann das Experiment als Computerspiel nachvollziehen, bei dem man einen Hund mit Wurst konditioniert. Gehe auf die Website www.nobelprize.org, klicke auf den Menüpunkt »Educational« und suche »The Pavlov's Dog Game«.
(http://nobelprize.org/educational/all_productions.html)

Solche Verknüpfungen begegnen uns ständig und werden in der **Werbung** gezielt eingesetzt, zum Beispiel wenn dicke, teure Autos mit halb nackten Frauen gezeigt werden (ob das noch wirkt?).

Solche Assoziationen sind durch Training auch wieder löschbar. Auch die Wirkung von Placebos, zu der Pawlow ebenfalls forschte, gehört dazu. Berühmte Experimente von *R. Feinberg*, einem amerikanischen Psychologen, der Mechanismen der Konsumwelt erforschte, zeigten, dass Studenten mehr Geld in kürzerer Zeit für Waren ausgeben, wenn in ihrem Gesichtsfeld ein Kreditkartenlogo zu sehen war.

Welche Mechanismen liegen dem Konditionieren zugrunde? Aus Experimenten an Schnecken weiß man, dass der eigentliche Reiz (also bei Pawlows Hunden das Futter, sogenannter »unbedingter Reiz«) und der neue, ursprünglich neutrale Reiz des Glockentons (»bedingter Reiz«) zusammen zu Veränderungen an den Synapsen und zu einer verstärkten Ausschüttung von Überträgerstoffen (siehe S. 67: *Botenstoffe im Gehirn*) führen. Entscheidend ist ein zeitlich sehr nah beieinanderliegendes Auftreten der beiden Reize.

Eine Form des Konditionierens erleben wir täglich: Durch **Belohnung** oder **Strafe** wird unser Verhalten positiv oder negativ verstärkt: Wenn Dich zum Beispiel der neue Mathelehrer in der ersten Stunde wegen vieler Fehler niedermacht, sodass Du total rot im Gesicht wirst, und in der zweiten Stunde auch, dann wirst Du am Anfang der dritten Stunde schon rot werden und schwitzen, ohne überhaupt einen Fehler gemacht zu haben. Oder? Das passiert ganz unbewusst. Diese Verknüpfung von einem neuen Reiz (hier: Mathelehrer) und einer Reaktion (hier: rot werden) nennt man auch hier »Konditionieren«. Es ist eine Form des Lernens.

So. Aber vielleicht wollt Ihr den Spieß mal herumdrehen? Vielleicht wollt Ihr als Klasse einmal einen Lehrer auf diese Weise »konditionieren?« Der Neurowissenschaftler Chris Frith hat von einem Experiment aus seiner Studentenzeit erzählt, das Du auch mit Deiner Klasse ausprobieren kannst.

Experiment

Wie man seinen Lehrer in die Ecke stellt

Verabredet Euch, dass Ihr immer, wenn der Lehrer in die linke Ecke des Klassenraums geht, Zeichen der Unaufmerksamkeit zeigt: Ihr gähnt demonstrativ, schreibt Zettel, guckt ins Handy usw. Wenn sich der Lehrer in die rechte Ecke bewegt, seid aufmerksam: schaut ihn an, nickt, schreibt interessiert mit. Ihr werdet beobachten, wie sich der Lehrer mehr und mehr in der rechten Ecke des Klassenzimmers aufhält. Wenn ihr daraus ein Experiment machen wollt, dann erwählt einen Protokollführer, der aufschreibt, wann der Lehrer in welche Ecke geht - viel Spaß!

Hin und weg

SCHLAF UND TRAUM

13. Nie mehr schlafen!

Ein Selbstversuch

Warum nicht ein paar Nächte durchmachen, wenn es drauf ankommt? Warum ein Drittel des Lebens verschlafen? Schwertwale schlafen in bestimmten Phasen ihres Lebens kaum - warum sollte uns Menschen das nicht auch gelingen?

Wir, die beiden Autoren dieses Buches, werden uns im Selbstversuch daranmachen, eine Woche lang nicht mehr zu schlafen. Für die, die gern ins Bett gehen oder andere Ausreden haben, präsentieren wir hier das vorweggenommene Protokoll des Versuches. Übrigens: Es gibt viele Tierversuche dazu. Die Ratten in einem ähnlichen Experiment von Dr. Rechtschaffen aus den 1980er-Jahren, waren nach 28 Tagen tot, die Hundewelpen der Forscherin Marie de Manaceine, die schon im 19. Jahrhundert darüber forschte, starben zwischen 96 und 143 Stunden nach Beginn des Schlafentzugs. Aber Du bist schließlich ein Mensch und machst das freiwillig, als Selbsterfahrung. Los geht's (aber auf eigene Gefahr!):

Nacht 1: Kein Problem, Du hast schon öfter eine Nacht durchgemacht. Ein bisschen müde, zwei Kaffee mehr, am Vormittag merkst Du gar nichts mehr außer ein paar trockenen Augen.

Nacht 2: Viel härter. Dreimal drohst Du einzuschlafen, einmal davon unter der Dusche. Du brauchst ein Ablenkprogramm, gehst aus unter Leute, musst reden, um wach zu bleiben. Du wirst beim Tanzen ein bisschen fahrig, ein bisschen wie besoffen, plapperst blödes Zeug, aber die anderen finden das ganz lustig. Gegen Morgen wird es etwas besser.

Nacht 3 geht nur noch mit der Hilfe von Freunden, die Dich ständig am Schlafen hindern. Sie müssen mit Deiner Erlaubnis Wachhaltemethoden anwenden: Deine Freundin hat eine Spritze mit Wasser dabei, aus der sie Dir gelegentlich einen Spritzer ins Gesicht schießt. Du musst nachts wieder unter Leute. Alkohol wäre jetzt Gift, wieder Kaffee, er wirkt aber nicht mehr wirklich. Dir ist schlecht. Lärm kannst Du nicht mehr ab. Warst Du eben nicht kurz weggesackt? Mikroschlaf nennen Experten das. In den offiziellen Rekordversuchen, die inzwischen verboten sind, war das verboten.

Nacht 4: Du hältst das nicht durch, oder? Sobald Du sitzt, drohst Du einzuschlafen. Stehen ist plötzlich sehr anstrengend. Komischerweise hast Du mehr Hunger, während des Essens ist es etwas leichter, wach zu bleiben. Immer fallen Dir blödsinnige Reime ein. Besser als Keime. Ein bisschen Doping wär gut, Ritalin und so, sonst ist nichts mehr zu machen, aber Drogen sind nicht Dein Ding und außerdem sind da diese zwei Typen in Deinem Kühlschrank, die Dich angrinsen. Der eine hält ein Stück Gouda in der Hand, der zweite eine grüne Kröte.

Und dann bist Du erwacht, einen Tag später, auf dem Sofa liegend, mit Schuhen an. Der Kühlschrank ist bis auf ein Stück Gouda leer.

Du warst 96 Stunden wach und hast am Ende Halluzinationen gehabt. Die Erinnerung an die letzten Stunden Wachheit sind unscharf. Du kannst Dir vorstellen, dass längerer Schlafentzug gefährlich wird. Du hast so tief geschlafen, dass Deine Gesichtshaut verknittert ist. Nichts hätte Dich mehr wecken können. Schlaf und Tod, denkst Du, haben doch eine gewisse Ähnlichkeit, kein Wunder, hatten sie doch in der griechischen Mythologie dieselbe Mutter: Nyx, die Göttin der Nacht, war die Mutter von Thanatos, dem Gott des Todes, und Hypnos, dem Gott des Schlafes.

Tony Wright, der Weltmeister, mit 266 Stunden Schlafentzug und Randy Gardner mit 264 Stunden

Schlafentzug, hatten keine langfristigen Folgeschäden bemerkt. Aber Tony Wright sagt, der Rekord sei ein Schlüsselerlebnis in seinem Leben gewesen, er habe Einblick bekommen in eine andere Welt, in einen höchst konzentrierten Rauschzustand. Vielleicht kommt das erst nach 200 Stunden Wachsein. Du hast jedenfalls genug und eigentlich gehst Du ganz gern ins Bett.

14. Den Schlaf umrahmen

Gähnen

Ab dem dritten Monat im Mutterleib beginnt die Langeweile – der Fötus gähnt. Das ganze Leben hindurch wird weiter gegähnt: Mund und Schlund aufreißen, Augen zu, Luft einziehen und mit hässlichem Schnarren wieder aushauchen. Die Hand halten wir uns vor den Mund, ursprünglich wahrscheinlich, damit die Seele nicht abhaut. Inzwischen dient das »Hand vor den Mund« eher der Unterscheidung zwischen gut und schlecht Erzogenen, die draußen herumlaufen. Aber was soll das Gähnen? Warum lässt uns das Gehirn so etwas machen? Warum steckt es andere an? Selbst wenn wir daran denken, müssen wir manchmal gähnen. Vielleicht musst Du sogar gähnen, wenn Du das hier liest. Klar, wir gähnen, wenn wir müde sind, besonders oft. Aber wir gähnen auch oft nach dem Aufstehen. Und vor Prüfungen. Leittiere gähnen öfter als untergebene Tiere, zumindest bei Affen.

Auf dem ersten Weltkongress der Chasmologen, also der Gähnforscher, 2010 in Paris, stritten sich ehrgeizige junge Karrierechasmologen und Gähnkapazitäten wie der Inder *Ponniah Thirumalaikolundusubramanian*. »Gähnen kühlt das Gehirn«, behauptet eine Gruppe, denn: Vögel, die kalt geduscht wurden, gähnten eine Weile nicht. Vielleicht duscht man ja morgens, um endlich mit dem Gähnen aufzuhören? Andere wiederum behaupteten: Gähnen ist eine Weckreaktion, man will einfach wach bleiben (abends) oder wach werden (morgens). Und auch vor Prüfungen will man möglichst wach sein. Wiederum andere sehen den Sinn des Gähnens vor allem in seiner Wirkung auf die Mitmenschen, sozusagen als **mimisches Signal**. Durch Mitgähnen signalisiert man wahrscheinlich eine gewisse Solidarität: »Hey, ich bleibe mit Dir zusammen wach.« Vielleicht wird daher das Gähnen ab etwa einem Alter von 6 Jahren auch ansteckend: eine Art erlernte Solidarität. Nur autistische Menschen und Menschen, die an Schizophrenie erkrankt sind, gähnen seltener. Wahrscheinlich ist das aber bedingt durch

seltenderen Augenkontakt. Die Ansteckungsgefahr besteht sogar von Mensch zu Hund in etwa 70 %, wie Arbeiten englischer Forscher 2008 gezeigt haben. Und, hast Du beim Lesen des Artikels gegähnt? Wenn nicht, einfach noch dreimal lesen, dann klappt es bestimmt.

15. Das große Geheimnis im Bett

Der Schlaf

In den 1950er-Jahren fielen den Forschern *Eugene Aserinsky* und *Nathaniel Kleitman* bei Schlafenden eigenartige Augenbewegungen auf. Die Hirnstromkurve sah fast aus wie bei wachen Personen. Trotzdem ließen sich die schlafenden Kinder schwer wecken. Was war da los?

Wenn Du nachts wach bist, kannst Du das auch bei Schlafenden beobachten: Etwa drei- bis viermal pro Nacht kann man sehen, wie sich die Augäpfel unter geschlossenen Lidern hin und her bewegen. Was man unter der Bettdecke schlechter sehen kann: Die Muskulatur ist weitestgehend ausgeschaltet. Bei Männern kommt es zu einer Erektion.

Wenn Du jetzt den Schlafenden wecken würdest (tu es nicht!), könnte er Dir wahrscheinlich erzählen, was er gerade geträumt hat. (Wahrscheinlich wird er es aber nicht tun, weil er sauer ist, dass Du ihn geweckt hast.) Diese Phase des Schlafs heißt **REM-Schlaf**, das steht für »rapid eye movements« und bedeutet: schnelle Augenbewegungen. In dieser Schlafphase träumt man am stärksten und am buntesten. Wenn man Menschen über Wochen immer wieder im REM-Schlaf aufweckt, können sie sich immer schlechter konzentrieren, sie bekommen Essattacken und werden leichter aggressiv. Säuglinge und kleine Kinder haben relativ große Anteile an REM-Schlaf, später macht diese Phase noch etwa ein Fünftel des Schlafzyklus aus. REM-Schlaf ist gegen Morgen häufiger als am Anfang des Schlafes.

Und die anderen Schlafphasen? Nachdem wir eingeschlafen sind, durchlaufen wir verschiedene Schlafstadien, insgesamt fünf. Eine davon ist der REM-Schlaf, ein anderer der »Tiefschlaf«. Ein solcher Zyklus wird etwa alle 90 Minuten durchlaufen. Schlaf ist also kein einfaches Ausschalten des Wachseins, sondern wir machen in jeder Nacht verschiedene Phasen des Schlafes durch.

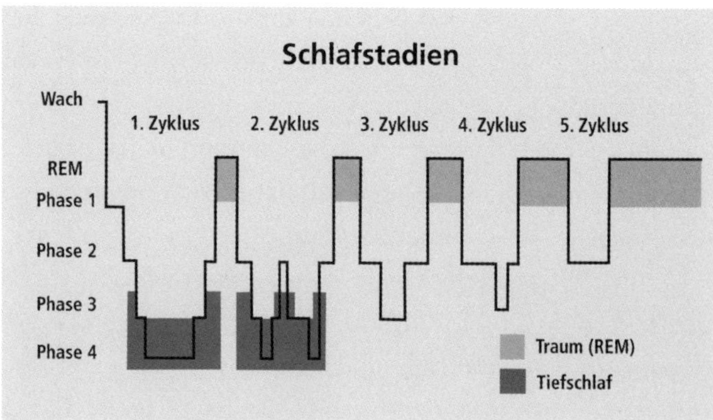

Hier wird eine Aufzeichnung der Schlafphasen während einer normalen Nacht gezeigt. Die schwarze Linie von links nach rechts zeigt die Tiefe unseres Schlafes an: man durchläuft erst den »REM« (»rapid eye movement«-Schlaf, s.o.), dann die Phasen

1 bis 4. Das wiederholt sich vier- oder fünfmal pro Nacht. Du siehst, dass gegen Morgen (d. h. rechts im Bild) die Tiefschlafphasen seltener werden. Der »REM«-Schlaf und damit die Phasen, in denen man am stärksten träumt, nehmen mehr Zeit ein.

Zunächst ist der Schlaf leichter (sog. Stadium 1), dann schlafen wir tiefer und tiefer.

Die Schlafphasen sind vor allem nach dem EEG (also der Hirnstrommessung, siehe nächste Seite) und seinem Kurvenbild benannt: Je tiefer, desto langsamer die Hirnstromwellen und desto schwerer ist der Schlafende wach zu kriegen. Das hatte bereits der Leipziger Forscher *Kohlschütter* 1862 bei seinen Messungen »zur Festigkeit des Schlafes« feststellen müssen: Er haute immer feste auf eine Schieferplatte, während sechs Medizinstudenten versuchen sollten zu schlafen. Nach zahlreichen Versuchsreihen mit vielen Pannen konnte er immerhin sagen, dass der Schlaf ca. eine Stunde nach dem Einschlafen am tiefsten war und gegen Morgen immer leichter wird. Dafür bekam er einen Doktortitel.

Während wir wach durch den Tag rennen, baut sich allmählich eine Art »**Schlafschuld**« auf, die dazu führt, dass wir abends um elf besser einschlafen können als morgens um elf. Irgendwann müssen wir schlafen. Unser Tag-Nacht-Rhythmus und das Schlafbedürfnis (das ist zwischen einzelnen Menschen sehr unterschiedlich) werden durch ein Zusammenspiel von vielen Botenstoffen und erblichen Veranlagungen gesteuert.

Aber warum müssen wir überhaupt schlafen? Warum ist schlafen anders, als sich ein bisschen im Sessel auszuruhen? Was sollen denn Träume? Zu diesem Thema streiten unsere Hirnexperten im nächsten Kapitel.

Ströme im Gehirn – das EEG

Die Informationsverarbeitung im Gehirn funktioniert über Änderungen des Membranpotentials der Nervenzellen, also über sehr kleine elektrische Spannungsänderungen *(siehe S. 28: Der neurale Code)*. Diese Spannungsänderungen sind oft rhythmisch und treten an vielen Nervenzellen synchron auf, sodass sich die Potentiale großer Gruppen von Nervenzellen summieren. Dadurch lassen sich die sogenannten »Hirnströme« sogar von außen durch Kopfhaut und Schädelknochen hindurch als Potentialänderungen messen, was dann als **Elektroenzephalogramm (kurz EEG)** bezeichnet wird. Das Wort leitet sich aus dem altgriechischen ab: *Elektro* ist klar, steht für Strom; *Encephalon* ist das griechische Wort für Gehirn; und *Gramm* steht für Aufzeichnung. Also: elektrische Hirnaufzeichnung oder einfach **Hirnstrommessung**.

Zur Registrierung der an der Kopfoberfläche sehr schwachen Potentialänderungen - sie liegen meist unter 100 µV - werden Messelektroden auf der Kopfhaut angebracht und an einen empfindlichen Messverstärker angeschlossen. Früher wurden die Potentialänderungen auf einen Messschreiber übertragen, der die Wellen auf Papier aufzeichnete. Heute läuft die Auswertung voll computerisiert.

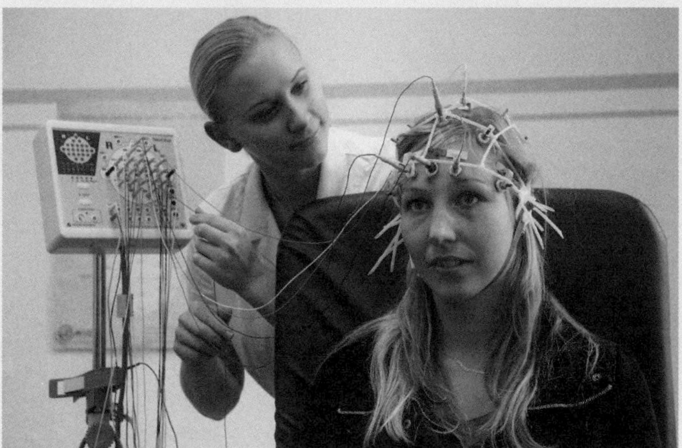

Das EEG wurde von *Hans Berger* in den 1920er- und 1930er-Jahren an der Universität Jena entwickelt. Er hat übrigens viele Messungen an seiner Tochter Ilse durchgeführt und ihre Hirnströme in wissenschaftlichen Zeitschriften veröffentlicht. Zum Beispiel kann man in einer Arbeit aus dem Jahre 1937 nachlesen, wie sich das EEG der sechzehnjährigen Ilse Berger verändert, wenn sie im Kopf die Aufgabe 5 $^1/_5$ minus 3 $^1/_3$ rechnet.

Noch heute spielt das EEG eine wichtige Rolle in der klinischen Diagnostik von neurologischen Erkrankungen, insbesondere bei der **Epilepsie**. Während eines epileptischen Anfalls treten sehr starke und synchrone Potentialschwankungen auf, die im EEG als Spitzen und scharfe Wellen gemessen werden können.

Das EEG hat aber auch einen festen Platz in der **Hirnforschung**. Anders als das *fMRT* *(siehe S. 46)* hat das EEG eine hohe zeitliche Auflösung, das heißt, man kann auch sehr schnelle Änderungen der Hirnaktivität messen. Zum Vergleich: Schon etwa 50 Millisekunden nach Präsentation eines Schachbrettmusters ist mit dem EEG über der Sehrinde eine Potentialänderung messbar, während das fMRT-Signal erst nach ein paar Sekunden auftritt. Dafür kann das fMRT-Signal auf wenige Millimeter genau in der Hirnrinde lokalisiert werden, während sich das EEG-Signal über mehrere Zentimeter ausbreitet, da die gemessenen Potentiale durch die Schädeldecke und die Haut gefiltert werden.

16. Eine Mütze voll Schlaf

Wozu Schlaf gut ist

Neben ihren Treffen mittwochs um 13 Uhr 15 zum Mittagessen, überraschen sich Frau Professor Dr. Dr. Wirrwarr und Herr Professor Rastlos gelegentlich mit Kurzbesuchen beim jeweils anderen. Frau Professor Wirrwarr ist Lehrstuhlinhaberin für soziologische Anthropologie und Theologie. Sie arbeitet meistens im Liegen. Professor Rastlos ist Neurobiologe. Er denkt am liebsten im Stehen und Gehen nach.

Rastlos: »Frau Kollegin, wann immer ich in Ihr Büro komme, liegen Sie auf der Couch. Arbeitet Ihr Geld allein oder sind Sie ein Meister im Delegieren an Ihre Doktoranden?«

Wirrwarr: »Geschäftiges Hin- und Herrennen hat selten große geistige Ergebnisse hervorgebracht, Herr Kollege. Das gilt auch für Kontrollgänge in fremde Arbeitszimmer. Tiere, die viel und geschäftig herumrennen, sind geistig eher minderbemittelt: Das gilt für Windhunde und für Geparden. Schweine zum Beispiel sind intelligente Tiere.«

Rastlos (kichert): »Meines Wissens ruhen Geparden den

Großteil des Tages. Den Vergleich mit dem Schwein haben Sie selbst aufgebracht.«

Wirrwarr: »Lernen findet überwiegend im Schlaf statt, Herr Kollege.«

Rastlos: »Typische Akademikerausrede. Zumal man während des REM-Schlafes ja wohl vorwiegend motorische Fähigkeiten lernt. Und das tut man meistens als Säugling. Wenn Sie aber rumliegen, kommt die Motorik nie in Gang.«

Wirrwarr: »Aber was ist mit dem Non-REM-Schlaf? Sie wissen wie ich, dass Menschen, die nach dem Faktenlernen schlafen durften, bessere Merkleistungen hatten als die Nichtschläfer.«

Rastlos: »Meine Liebe: Der Nettoeffekt von Schlaf liegt im ABBAU von Synapsenverbindungen. Schlafen heißt, für Sie vereinfacht: vergessen.«

Wirrwarr: »Sie verwechseln mal wieder Quantität und Qualität. Übrigens ein typisch männlicher Fehler. Wissen Sie, warum die japanische Wirtschaft lange Zeit so erfolgreich war? Weil die Kultur des **power nappings** *weit verbreitet war: Man legte sich kurz mittags für ein Schläfchen nieder. Danach arbeitet man deutlich effektiver. Vielleicht wäre das doch was für Sie, Herr Kollege? Und unter uns: Man wächst auch im Schlaf, vielleicht könnten Sie da noch zehn Zentimeter rausholen.«*

Rastlos: »Jetzt geht es aber wieder unter die Gürtellinie, wir hatten doch das Motto ›sachlich aber hart‹, oder? Aber bitte: Darf ich Sie nach Ihren Träumen fragen, während Sie auf der Couch liegen? Wenn es Sie nicht stört, setze ich mich an das Kopfende wie Meister Siegmund Freud.«

Wirrwarr: »Unterstehen Sie sich, meinem heiligsten Körperteil näher zu kommen. Aber vielleicht sollten wir tauschen und ich erzähle Ihnen, was es bedeutet, wenn Sie jede Nacht von einem Doppelrohrauspuff träumen.«

Hier blenden wir uns wieder aus und lassen die beiden Professoren bis zum nächsten Wortgefecht in Ruhe. Aber: Kann man denn tatsächlich im Schlaf arbeiten? Der französische Dichter Saint-Pol-Roux hatte zumindest ein Schild an seinem Arbeitszimmer: »Bitte nicht wecken: Der Dichter arbeitet.«

Die **Funktion von Schlaf** ist noch nicht geklärt. Aber Du selbst weißt, dass es ein Unterschied ist, ob man nur ausruht oder wirklich schläft. Also ist Schlafen sicherlich mehr als nur Energie tanken. Kinder wachsen im Schlaf, aber warum schlafen Erwachsene auch? Eine viel beforschte Funktion des Schlafes ist sicherlich die Verfestigung von Gedächtnisinhalten: in einer Phase des Lernens (wie zum Beispiel vor einer Klassenarbeit) ist Schlaf besonders wichtig, um die abgespeicherten Inhalte im Gehirn zu verfestigen. Außerdem lernt man motorische Fähigkeiten im Schlaf, das vor allem im REM-Schlaf (siehe voriges Kapitel). Daher haben kleine Kinder einen wesentlich höheren Anteil an REM-Schlaf-Phasen. Möglicherweise wird beim Schlafen aber auch tagsüber Erlebtes im Gehirn »geordnet«, also Dinge, die behalten werden sollen, werden »verfestigt« und Dinge, die wir getrost vergessen können, aussortiert. Ob dieser »Gedankenmüll« die Träume bestimmt, ist ungewiss. Eine Weile lang war dies die überwiegende Meinung.

Die **Träume** sind nach wie vor besonders geheimnisvoll, vor allem weil man in der Forschung kaum an die Trauminhalte herankommt. Eine große Frage ist, ob Träume, wie der Arzt Sigmund Freud um 1900 glaubte, an die Oberfläche kommende Triebe und unerfüllte Wünsche sind. Viele Träume sind angsterfüllt, häufig geht es um Bedrohung und Flucht. Soll dabei für den Ernstfall geübt werden? Auch diese Meinung ist sehr umstritten. Die Forschung konnte bisher nicht erklären, welche Funktion Träume erfüllen.

Man kann übrigens üben, sich an seine Träume zu erinnern. Am besten eignet sich ein **Traumtagebuch** *direkt am Bett. Versuche gleich morgens, Dich aktiv an Deine Träume zu erinnern. Sich mit guten Freunden über Träume auszutauschen, ist spannend! Versucht aus Spaß, die Träume des anderen zu deuten.*

Ein anderer Effekt von Schlaf ist wiederum erwiesen: Schlafen stärkt das Immunsystem. Wer zu wenig schläft, wird leichter krank. Und wie lange soll man schlafen? Das schwankt tatsächlich von Mensch zu Mensch. Die richtige Dosis Schlaf pro Nacht eines Erwachsenen liegt irgendwo zwischen 6 und 9 Stunden.

Wer ist hier der Chef?

ENTSCHEIDUNGEN UND FREIER WILLE

17. Denn wir wissen nicht, was wir tun …

Die Tricks der Hirnforscher

Warum hast Du Dir dieses Buch gekauft? Na gut, Du hast es nicht gekauft, Du hast es geschenkt bekommen. Dann eben: Warum hast Du an jenem Abend vor einer Woche angefangen, das Buch zu lesen? »Das Gehirn interessiert mich einfach brennend und das ist genau das Buch, auf das ich schon lange gewartet habe«, wirst Du sagen. Oder: »Mir war gerade furchtbar langweilig und auch im Fernsehen kam nichts Interessantes.« Oder auch: »Mein Onkel hat es mir zum Geburtstag geschenkt, und wenn ich ihn das nächste Mal sehe, wird er mich sicher wieder fragen, was drinstand.« Auf jeden Fall wird Dir eine Antwort einfallen und die Begründung wird Dir auch ganz logisch vorkommen. Es fällt uns meistens leicht, für unsere Entscheidungen und Handlungen einleuchtende Gründe zu finden, selbst für die banalsten **Alltagsentscheidungen**. »Warum hast Du gerade das Glas, das vor Dir steht, genommen und daraus getrunken?« – »Ganz einfach, weil ich gerade Durst hatte.«

Aber sind die Gründe, die wir für unsere Handlungen angeben, auch die wahren Gründe? Können wir **die wahren Gründe** unserer Handlungen überhaupt erkennen?

Und was sind überhaupt die »wahren« Gründe? Diese Fragen hat sich im Jahr 2005 eine Forschergruppe aus Schweden vorgeknöpft. *Petter Johansson* und seine Kollegen hatten den Verdacht, dass wir uns die Erklärungen für unsere Handlungen oft erst im Nachhinein zurechtlegen. Um diesen Verdacht zu belegen, zeigten sie ihren Versuchspersonen Paare von Porträtfotografien zweier Frauen, die sich entweder ähnlich waren oder sehr unterschiedlich aussahen. Die Aufgabe der Versuchspersonen bestand zunächst einfach nur darin, von den beiden abgebildeten Personen jeweils die attraktivere auszuwählen. Nachdem sie gewählt hatten, wurden die Versuchspersonen aufgefordert zu begründen, warum sie die ausgewählte Person attraktiver fanden. Was sie allerdings nicht wussten: Die Wissenschaftler hatten manchmal die Karten heimlich vertauscht, nachdem der Versuchsteilnehmer seine Entscheidung bekannt gegeben hatte. Der Versuchsteilnehmer sollte nun also begründen, warum er diejenige Person attraktiver fand, die er gar nicht als die attraktivere ausgewählt hatte!

Man möchte meinen, dass die Leute dann sagten: »Moment mal, das Foto habe ich doch gar nicht ausgewählt!«

Möchte man meinen. Tatsächlich aber merkten sie in den allermeisten Fällen gar nichts von dem Schwindel: Ohne mit der Wimper zu zucken, gaben sie Erklärungen wie »Sie lächelt so freundlich. In einer Bar würde ich viel eher sie ansprechen als die andere Person. Außerdem finde ich ihre Ohrringe schön.«. Und zwar sagten sie das über die Person, die sie in Wirklichkeit gar nicht als die attraktivere ausgewählt hatten. Die meisten Versuchsteilnehmer schöpften nicht einmal den Hauch eines Verdachts, dass sie an der Nase herumgeführt worden sein könnten. Interessanterweise war es auch völlig egal, wie ähnlich sich die beiden Personen waren, zwischen denen gewählt werden konnte. Dass die Versuchsteilnehmer meistens nichts von dem Schwindel merkten, lag also nicht daran, dass sie die beiden Fotos verwechselt hätten.

Wir sind also offenbar Meister darin, einleuchtende Erklärungen für unsere Entscheidungen zu geben. Das zugegebenermaßen etwas hinterlistige Experiment der schwedischen Forschergruppe führt uns ganz deutlich vor Augen, dass wir dabei erstaunlich flexibel sind und uns nur allzu bereitwillig im Nachhinein Begründungen für unsere Entscheidungen

und Handlungen zurechtlegen. Unser Gehirn versucht anscheinend immer, Widersprüche in unserer Wahrnehmung aufzulösen. Und es tut das manchmal auch um den Preis, sich dabei selber etwas vorzumachen.

Bist Du gut mit Kartentricks? Dann könntest Du ja mal versuchen, das Experiment der schwedischen Forscher nachzumachen und es an Deinen Klassenkameraden ausprobieren. Die Wiederholung von Forschungsergebnissen ist schließlich eines der wichtigsten Prinzipien in der Wissenschaft.

Tricks der Wissenschaftler

Übrigens wenden Wissenschaftler gerade im Bereich der Psychologie häufig Tricks an, mit denen sie ihre Versuchspersonen hinters Licht führen. Durch eine sogenannte »Cover-Story« wird von dem eigentlichen Zweck des Experiments abgelenkt. In dem Fall der beschriebenen Studie war die Cover-Story einfach. Es wurde den Teilnehmern vorher gesagt, es gehe in dem Experiment um die Frage, aufgrund welcher Merkmale Gesichter als attraktiv empfunden werden.

Es gibt aber auch kompliziertere Cover-Storys, bei denen etwa den Versuchsteilnehmern weisgemacht wird, sie würden ein Computerspiel gegen einen anderen Versuchsteilnehmer im Nebenraum spielen. Der angebliche andere Versuchsteilnehmer ist in Wirklichkeit ein Kollege des Versuchsleiters und der eigentliche Versuchsteilnehmer spielt nur gegen ein Computerprogramm. Natürlich müssen die Versuchsteilnehmer dann fairerweise nach dem Experiment über den Schwindel aufgeklärt werden und die meisten nehmen es mit Humor. Bei vielen Leuten haben psychologische Forscher aber inzwischen den Ruf, ihre Probanden ständig hinters Licht zu führen. So ist es mir auch schon manchmal passiert, dass Versuchsteilnehmer bei der Einweisung in ein Experiment fragten - natürlich völlig zu Unrecht -, was denn nun der eigentliche Zweck der Studie sei, sie wüssten schon, dass man sie nur hereinlegen wolle...

Und jetzt mal Hand aufs Herz: Fallen Dir Entscheidungen aus Deinem Leben ein, bei denen andere Gründe eine Rolle gespielt haben könnten, als Du im Nachhinein denkst oder sagst? Hast Du wirklich angefangen, Gitarre zu spielen, weil Gitarre so vielseitig ist? Oder hat es doch damit zu tun, dass Deine Mutter immer sofort die Augen gerollt hat, als Du das Wort Schlagzeug in den Mund genommen hast?

18. Ich kann nichts dafür – mein Gehirn ist schuld!

Gehirn und Moral

Ein Lehrer einer amerikanischen Schule begann eines Tages, sich auf eine Art für Kinder zu interessieren, die für ihn neu war: Er fand Kinder plötzlich sexuell anziehend. Das sexuelle Interesse an Kindern nennt man »Pädophilie«, was sich aus dem griechischen von »pais« (Knabe, Kind) und »philia« (Freundschaft) ableitet. Der Begriff Pädophilie ist also etwas irreführend, denn um Freundschaft geht es dabei nicht. Im Gegenteil, das Ausleben pädophiler Neigungen durch sexuelle Kontakte mit Kindern gilt in den meisten Gesellschaften als moralisch nicht akzeptabel und ist strafbar. Auch der amerikanische Lehrer fand seine neue Neigung moralisch nicht akzeptabel. Das Problem war nur, er konnte nichts dagegen tun. So fing er heimlich und mit schlechtem Gewissen an, Webseiten mit Kinderpornografie zu besuchen. Sein sexuelles Verlangen steigerte sich mehr und mehr, sodass er zunehmend auch Prostituierte besuchte.

Langsam fiel es der Frau des Lehrers auf, dass er sich immer wieder vorsichtig an Kinder heranmachte. Das führte schließlich dazu, dass sie ihn rauswarf und er wegen sexueller Belästigung von Kindern verurteilt wurde. Selbst die vom Gericht auferlegte Teilnahme an einem Therapieprogramm für »Sexsüchtige« brach-

te keinen Erfolg. Nachdem er eine der Kursteilnehmerinnen offen zum Sex aufgefordert hatte, wurde er schließlich zu einer Haftstrafe verurteilt. Am Tag vor dem Haftantritt litt der Lehrer an starken Kopfschmerzen, sodass er sich in ein Krankenhaus begab. Die Ärzte in der Klinik staunten nicht schlecht, als der Lehrer ihnen erzählte, er habe nicht nur Kopfschmerzen, sondern auch Angst, seine Vermieterin zu vergewaltigen. Er wisse zwar, dass das nicht rechtens sei, könne aber sein Verhalten einfach nicht mehr kontrollieren. Den Ärzten fiel zusätzlich auf, dass ihr Patient Gleichgewichtsprobleme hatte und dass er in die Hose gepinkelt hatte, was ihn aber selbst gar nicht zu stören schien.

Daraufhin wurde mit der Magnetresonanztomografie (siehe fMRT, Seite 46) ein Bild seines Gehirns gemacht. Das Bild lieferte nicht nur eine Erklärung für die Kopfschmerzen, sondern auch für die Änderung seines Verhaltens: Es fand sich ein Hirntumor, ungefähr von der Größe eines Hühnereis, im rechten Stirnhirn. Das ist der Teil des Gehirns, der direkt hinter der Stirn sitzt (siehe Hirnatlas in der Umschlagklappe). Das Stirnhirn spielt eine wichtige Rolle bei der Kontrolle von Impulsen und bei der Steuerung des Sozialverhaltens, also wie wir uns anderen Menschen gegenüber verhalten.

Mit der Diagnose war nun auch eine Erklärung für das sexuell enthemmte Verhalten des Lehrers gefunden. Er wurde daraufhin einer Hirnoperation unterzogen. Nach der Entfernung des Tumors konnte der Lehrer erfolgreich das Therapieprogramm für Sexsüchtige abschließen und kehrte nach Hause zurück. Nach einiger Zeit begann er allerdings, heimlich wieder Kinderpornografieseiten zu besuchen, und auch die Kopfschmerzen nahmen wieder zu: Grund dafür war ein Nachwachsen des Tumors. Nach einer erneuten Operation normalisierte sich das Verhalten des Lehrers abermals.

Dies war keineswegs der erste Fall, der zeigte, dass Schädigungen des Gehirns – sei es durch Tumore, Schlaganfälle, Verletzungen oder andere Hirnerkrankungen – zu Veränderungen des Sozialverhaltens und sogar der Persönlichkeit führen können. Der Fall des pädophilen amerikanischen Lehrers wirft aber eine Reihe ganz grundlegender Fragen auf, die in den letzten Jahren von Philosophen, Juristen und Hirnforschern intensiv diskutiert werden: Sind wir für unsere Taten verantwortlich, wenn sie durch eine Veränderung im Gehirn erklärbar sind? Wann genau ist kriminelles Verhalten durch eine **Hirnerkrankung** zu erklären und wann nicht? Bin ich, wenn ich an einer Erkrankung des Gehirns leide, automatisch für alles entschuldigt und kann tun und lassen, was ich will, ohne dafür zur Verantwortung gezogen zu werden? Und wenn sowieso alles Verhalten durch das Gehirn gesteuert wird, wie kann ich dann *überhaupt* für meine Taten zur Verantwortung gezogen werden?

In Fällen wie dem des amerikanischen Lehrers ist der Fall für die Rechtsprechung in vielen Ländern ganz klar: Es gibt einen eindeutigen Zusammenhang zwischen dem Hirntumor und dem strafbaren Verhalten. Der Patient wird also als **schuldunfähig** erklärt. Er bekommt dann keine Haftstrafe, sondern eine ärztliche Behandlung. Diese findet allerdings in der Regel auch in einer geschlossenen Einrichtung statt, also unter Freiheitsentzug. Denn: Ob schuldfähig oder nicht, die Gesellschaft muss auf jeden Fall vor weiteren Taten geschützt werden.

Das Problem liegt nun darin, dass es sehr schwierig ist – manche sagen: unmöglich –, eine klare Grenze zu ziehen: zwischen Krankheit und Gesundheit, zwischen Symptom und kriminellem Verhalten, zwischen Patient und Straftäter.

Noch schwieriger wird die Sache, wenn nicht eine eindeutig krankhafte Veränderung vorliegt wie der Hirntumor bei dem pädophilen Lehrer. In den letzten Jahren haben Hirnforscher festgestellt, dass bei Menschen mit einer sogenannten »Psychopathie« das **Stirnhirn** verändert ist. Unter Psychopathie versteht man eine schwere Persönlichkeitsstörung. Den betroffenen Menschen fehlen Einfühlungsvermögen, Verantwortungsgefühl und ein Gewissen, häufig zeigen sie kriminelles Verhalten. Man hat die Hirnstruktur von kriminellen Psychopathen mit der von nicht kriminellen und nicht psychopathischen Personen verglichen. Dabei wurde festgestellt, dass das Volumen des Stirnhirns bei den kriminellen Psychopathen kleiner ist, des Teils des Gehirns also, der für die Steuerung des Sozialverhaltens eine so wichtige Rolle spielt. Dann ist doch alles klar, oder? Es gibt einen Zusammenhang zwischen der Größe des Stirnhirns und kriminellem Verhalten! Könnte ein Schwerverbrecher dann nicht vor Gericht verlangen, dass eine Hirnuntersuchung durchgeführt wird, bei der sein Stirnhirn vermessen wird?

Was denkst Du: Wäre der Schwerverbrecher schuldunfähig, wenn bei der Hirnuntersuchung herauskäme, dass sein Stirnhirn kleiner ist als bei den meisten anderen Leuten?

Um diese Frage zu beantworten, müssen wir uns die Untersuchungen, die einen Zusammenhang zwischen Hirnstruktur und kriminellem Verhalten zeigen, erst einmal kritisch beleuchten. Es stellt sich nämlich die **Frage nach Ursache und Wirkung**: Ist das geringere Hirnvolumen der betreffenden Hirnregion wirklich die *Ursache* des kriminellen Verhaltens? Es könnte sich ja auch um einen zufälligen Zusammenhang handeln oder einen Zusammenhang, der andere Ursachen hat.

Führen wir uns die Problematik von Ursache und Wirkung an einem anderen Beispiel vor Augen: Eine Studie hat gezeigt, dass Mädchen im Fach Deutsch bessere Noten haben als Jungen, und zwar schon in der Grundschule. Auch hier stellt sich die Frage von Ursache und Wirkung: Kann man aus den besseren Noten der Mädchen schließen, dass Mädchen grundsätzlich sprachbegabter sind? Oder könnte es auch sein, dass die besseren Noten der Mädchen gar nichts mit einer höheren weiblichen Sprachbegabung zu tun haben?

Es könnte ja beispielsweise sein, dass die guten Deutschnoten daher rühren, dass es gerade in der Grundschule viel mehr Lehrerinnen als Lehrer gibt. Lehrerinnen gestalten möglicherweise den Unterricht eher mädchen- als jungengerecht, suchen Texte aus, die Mädchen mehr interessieren, oder gehen besser auf die Lernprobleme von Mädchen als von Jungen ein. Dann hätten die guten Noten der Mädchen nichts mit weiblicher Veranlagung zu tun. Wir wissen nicht, ob diese Spekulation richtig ist, aber das Beispiel zeigt uns, dass allein der Nachweis eines Unterschieds zwischen zwei Gruppen (Mädchen und Jungen, Kriminelle und Nicht-Kriminelle, usw.) noch nichts über die Ursache des Unterschieds aussagt.

Und selbst wenn wir den ursächlichen Zusammenhang nachgewiesen hätten, würde uns das im Einzelfall nicht unbedingt weiterhelfen. Nehmen wir einmal an, der zwölfjährige Paul ist in den meisten Fächern ganz gut, aber in Deutsch schreibt er nur Vieren und Fünfen. Nur weil Jungen im Durchschnitt schlechter sind in Deutsch als Mädchen, würden wir trotzdem nicht sagen: »Der arme Paul, er kann ja nichts dafür, dass er in Deutsch so schlecht ist, schließlich ist er ja nur ein Junge.« Vielmehr würde man ihn verstärkt fördern und versuchen, sein Interesse für Deutsch anzuregen, oder – das ist dann eine Frage des Erziehungsstils – man würde ihm raten, sich einfach mal richtig auf den Hosenboden zu setzen.

Genau diese Überlegungen lassen sich auch auf einen gewalttätigen Kriminellen übertragen. Wenn in einer Hirnuntersuchung herauskommt, dass der Angeklagte ein schrumpelig kleines Stirnhirn hat, würde daraus nicht notwendigerweise folgen, dass er für sein Verhalten nichts kann, frei nach dem Motto »Ich kann nichts dafür, mein Gehirn ist schuld!«. Im Gegenteil: Man könnte auch ihn, ähnlich wie den zwölfjährigen Paul, zur Verantwortung ziehen und versuchen, ihn bei der Veränderung seines Verhaltens zu unterstützen, nach dem Motto »Therapie statt Strafe«.

19. Der freie Wille: Eine Illusion?

Der Neurobiologe Professor Rastlos und seine Kollegin Professor Dr. Dr. Wirrwarr, soziologische Anthropologin und Theologin, treffen sich beim Mittagessen in der Mensa.

Rastlos: »Guten Appetit, Frau Kollegin! Mit diesen Eiern in Senfsoße hat unsere Mensa sich ja wieder mal selbst übertroffen, nicht wahr? Ich hätte doch die Schinkennudeln nehmen sollen.«

Wirrwarr: »Ihnen auch einen guten Appetit, mein lieber Herr Kollege! Aber bitte vermiesen Sie mir jetzt nicht wieder das Mittagessen mit Ihrer Nörgelei über das Mensaessen, schließlich hat Sie ja keiner gezwungen, in die Mensa zu gehen und die Eier in Senfsoße zu nehmen.«

Rastlos: »Das macht die Eier nicht besser.«

Wirrwarr: »Es macht die Eier vielleicht nicht besser, aber letztlich sind Sie doch selber schuld. Sie hätten ja auch die Schinkennudeln nehmen können. Und wenn Sie das Essen in der Mensa grundsätzlich so schrecklich finden, hätten Sie sich ja auch etwas von zu Hause mitnehmen können.«

Rastlos: »Für so etwas haben Sie als Geisteswissenschaftlerin vielleicht Zeit, ich jedenfalls habe keine Zeit übrig, um mir Butterbrote fürs Mittagessen zu schmieren.«

Wirrwarr: »Es war, wie bereits gesagt, Ihre freie Entscheidung, hier zum Mittagessen zu gehen und die Eier in Senfsoße zu nehmen.«

Rastlos: »Was meinen Sie mit freier Entscheidung? Kommen Sie mir jetzt bloß nicht wieder mit diesem Märchen vom freien Willen daher!«

Wirrwarr: »Wollen Sie sagen, die Eier hätten Sie zur Auswahl gezwungen? Sie hätten sich genauso gut für die Schinkennudeln entscheiden können.«

Rastlos: »Hätte ich eben nicht! Meine Entscheidung hätte in dieser Situation gar nicht anders ausfallen können, denn sie war Folge meiner Hirnaktivität. Und die Hirnaktivität in diesem Moment war wiederum Folge der Hirnaktivität einen Moment davor und diese war wieder durch die Hirnaktivität davor bedingt und so weiter. Somit ist es doch logisch, dass meine Entscheidung eben NICHT frei war, sondern durch meine Hirnaktivität vorbestimmt. Ich muss doch nur eins und eins zusammenzählen, um zu dem Schluss zu kommen, dass es keinen freien Willen gibt. Alles sentimentaler Quatsch!«

Wirrwarr: »Sie sind also das Opfer einer Verschwörung von ein paar gekochten Eiern und der eigenen Hirnaktivität? Sie werden noch zum Philosophen.«

Rastlos: »Sie wollen mich wohl beleidigen! Wenn Sie mich fragen, ist die Philosophie heutzutage ohnehin eine völlig überflüssige Zunft. Was ich nicht messen kann, glaube ich sowieso nicht. Was hilft da das alberne Geschwafel der Philosophen?«

Wirrwarr: »Und Sie sind als Naturwissenschaftler so naiv anzunehmen, dass der menschliche Geist auf biochemische Vorgänge im Gehirn reduziert werden kann? Ich gebe Ihnen durchaus recht, dass Ihre Entscheidung für die Eier in Senfsoße nicht gerade Ausdruck eines Höhenflugs menschlicher Geistestätigkeit war, mal ganz abgesehen davon, dass ich solche Höhenflüge bei Ihnen ohnehin noch nicht beobachtet habe. Aber die Fähigkeit zur freien Willensentscheidung ist doch geradezu das, was den Menschen zum Menschen macht: Zu einem vernunftbegabten Wesen, das für sein Handeln Verantwortung tragen kann – und muss!«

Rastlos: »Natürlich möchte ich Ihrem Gehirn keine allzu große Leistungsfähigkeit zuschreiben, aber was denken Sie denn, wie Ihre Entscheidungen zustande kommen, seien sie nun vernünftig oder unvernünftig? Wie, wenn nicht durch ein paar Milliarden Nervenzellen, die im Gehirn herumfeuern – in Ihrem Falle vermutlich ziemlich planlos?«

Wirrwarr: »Ich möchte ja nicht behaupten, dass das Gehirn nichts mit Entscheidungen zu tun hat. Aber dass Sie freie Willensentscheidungen auf ein paar Erregungen von Nervenzellen reduzieren wollen, das ist doch absurd!«

Rastlos: »Das ist nicht absurd, sondern einfach nur logisch.«

Wirrwarr: »Dann wären wir ja letztlich nichts anderes als Maschinen. Irgendwelche Roboter oder Zombies, die mit einer äußerst komplizierten Hardware und Software ausgestattet sind, durch die ihr Handeln bestimmt wird.«

Rastlos: »Ganz genau!«

Wirrwarr: »Nun gut, wenn ich's mir recht überlege, wäre ich mir da bei Ihnen auch gar nicht mal so sicher...«

Rastlos: »Wie meinen Sie das?«

Wirrwarr: »Mit dem Zombie...«

Rastlos: »Warum auch nicht? Lieber Zombie als Philosoph!«

Weißt Du, was in Deinem Gehirn passiert?

TESTE DEIN WISSEN!

1. Was versteht man unter einem Aktionspotential?

a) Die gleichzeitige Aktivierung mehrerer motorischer Nervenzellen, die der Ausführung von Handlungen zugrunde liegen.
b) Eine kurze Spannungsänderung an der Nervenzellmembran.
c) Die Fähigkeit eines Menschen, andere durch seine Handlungen zu beeinflussen.

2. Aufmerksamkeit …

a) … dient dazu, aus einer Vielzahl von Sinnesreizen die relevante Information herauszufiltern.
b) … ist vom Funktionieren der Großhirnrinde unabhängig.
c) … dient dazu, die Sinnesorgane vor Reizüberflutung zu schützen.

3. Warum kann man sich selbst nicht kitzeln?

a) Weil man sich selbst nicht witzig findet.
b) Weil Hirnaktivität, die durch eigene Berührungen zustande kommt, automatisch unterdrückt wird.

c) Weil Kitzelreize über Schmerzrezeptoren vermittelt werden und diese bei eigenen Berührungen herunterreguliert werden.

4. Welche Aussage zu Psychopharmaka trifft zu?

a) Sie machen abhängig.
b) Sie wirken auf Transmittersysteme im Gehirn.
c) Sie führen, ähnlich wie Drogen, zu Glücksgefühlen.

5. Beim Anblick eines Menschen, in den wir verliebt sind …

a) … wird das Bestrafungssystem im Gehirn deaktiviert.
b) … wird durch reizgerichtete Aufmerksamkeitssteuerung das vegetative Nervensystem heruntergefahren.
c) … wird das Belohnungssystem im Gehirn aktiviert.

6. Welche Aussage zu den Gehirnhälften trifft zu?

a) Die meisten Rechtshänder haben ihr Sprachzentrum links.
b) Die meisten Linkshänder haben ihr Sprachzentrum rechts.
c) Die rechte Körperhälfte wird über die rechte Hirnhälfte gesteuert.

7. Tiere und Sprache: Was stimmt?

a) Bienen benutzen eine Art »Tanzalphabet«, um Wörter zu buchstabieren.
b) Affen sind die sprachlich am weitesten entwickelten Tiere.
c) Hunde konnten über 200 Wortbedeutungen erlernen.

8. Wodurch unterscheiden sich Gehirne genialer Menschen (Leonardo da Vinci, Einstein) grundsätzlich von Deinem?

a) Sie sind größer und schwerer.
b) Sie unterscheiden sich nicht.
c) Sie haben mehr Furchen.

9. Welche drei Wörter kann man sich am ehesten merken?

a) Rose, Aschenbecher, Oslo
b) Belstug, Kwersch, Kaschtotu
c) Schwein, Kuh, Gans

10. Konditionieren …

a) … bezeichnet die Herstellung von Kondensmilch aus Milch durch Wasserentzug.
b) … bezeichnet den Erwerb von Wissen unter starker Konzentration.
c) … bezeichnet das Lernen von bestimmten Reaktionen auf bestimmte Reize.

11. Welche Aussage stimmt? Für Schlafen gilt:

a) Mit Alkohol im Blut schläft man besser durch.
b) Am Ende einer Nacht hat man vor allem Tiefschlafphasen.
c) Schlaf dient unter anderem dem Gedächtnis.

12. Träume …

a) … sind eine Art »Mülldeponie« aus unnützen Gedanken.
b) … sind in ihrer Bedeutung ungeklärt.
c) … haben Vorhersagekraft für die folgenden Tage.

13. Die freie Willensbildung …

a) … wird hauptsächlich durch das Kleinhirn gesteuert.
b) … kann bei Erkrankungen des vegetativen Nervensystems aufgehoben sein.
c) … kann bei Schädigungen des Stirnhirns eingeschränkt sein.

14. Dieser Kritzelei  *würden Menschen am ehesten welchen Namen geben:*

a) Stirrtze
b) Xilla
c) Bobbse
Warum nur?

15. Welche Maßnahme vor einem Test verbessert am ehesten Dein Testergebnis?

a) Dir klarmachen, dass Du in diesem Fach gut bist.
b) Vierhundert Meter rennen.
c) Einen Schokoriegel essen.

Die Lösungen findest Du auf Seite 217.

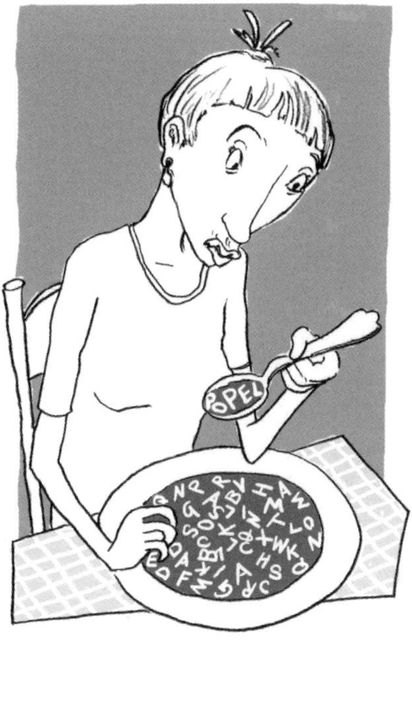

GLOSSAR

Alzheimer: Alois Alzheimer (1864–1915) war ein deutscher Psychiater. Er beschrieb die später nach ihm benannte Alzheimer'sche Krankheit, an der vor allem alte Menschen erkranken. Sie geht mit zunehmenden Gedächtnisstörungen einher und ist bisher noch nicht heilbar.

Amnesie: Ausgeprägter Verlust des Gedächtnisses oder Lernvermögens.

Amygdala: Eine mandelförmige Ansammlung von Nervenzellen im Schläfenlappen (= Temporallappen) des Gehirns. Sie ist u. a. an der Wahrnehmung von Gefühlen, aber auch an Lernprozessen beteiligt (siehe Hirnatlas).

Basalganglien: Eine Gruppe von mehreren Nervenzellansammlungen im unteren Großhirn, die u. a. an der Ausführung von Bewegungen beteiligt ist.

Broca-Aphasie: Eine von Paul Broca (1824–1880) beschriebene Sprachstörung, bei der der Betroffene eine verlangsamte Sprache mit Wortfindungsstörungen und fehlender grammatikalischer Struktur zeigt, aber relativ gut verstehen kann (= motorische Aphasie). Das Broca-Areal liegt im Stirnlappen (= Frontallappen).

Chasmologe: Gähnforscher.

Epilepsie: Im Deutschen auch Krampfleiden oder etwas altertümlich »Fallsucht« genannt. Krankheitsbild, bei dem Krampfanfälle auftreten, denen synchrone Entladungen von Neuronengruppen im Gehirn zugrunde liegen. Epileptische Anfälle können ohne erkennbare Ursache auftreten oder Zeichen einer Hirnerkrankung sein, wie z. B. eines Hirntumors oder einer Entzündung im Gehirn.

Freud, Sig(is)mund (1856-1939): Österreichischer Arzt und Psychotherapeut, gilt als Begründer der Psychoanalyse.

Großhirn: Der größte Teil des Gehirns, der oberhalb von Hirnstamm und Kleinhirn gelegen ist und in zwei Hälften (Hemisphären = Halbkugeln) angelegt ist. Die beiden Großhirnhemisphären sind über Nervenfasern miteinander verbunden. Die Großhirnrinde ist in vier Lappen gegliedert: Stirnlappen (Frontallappen), Scheitellappen (Parietallappen), Schläfenlappen (Temporallappen), Hinterhauptslappen (Okzipitallappen).

Gyrus cinguli (= »Gürtelwindung«): Innen liegender Teil der Hirnrinde, der u. a. an der Regulation von Aufmerksamkeit, Gefühlen und Schmerzen beteiligt ist.

Händigkeit: Bevorzugung einer, meist der rechten, »dominanten« Hand. Beim Menschen, aber auch bei vielen

Tieren, bei anspruchsvolleren motorischen Aufgaben (wie z. B. dem Schreiben) vorhanden.

Hippocampus: Im Schläfenlappen liegender Hirnteil, der maßgeblich an Gedächtnisfunktionen beteiligt ist.

Hirnrinde: Auch Cortex oder Hirnmantel genannt. Ansammlung von Nervenzellen, die wie eine Rinde den äußeren Rand des Großhirns und des Kleinhirns bilden.

Hirntumor: Krankhafte Neubildung von Hirn- oder Hirnhautgewebe, die durch eine Fehlregulation des Zellwachstums entsteht. Hirntumoren verdrängen oder zerstören gesundes Hirngewebe, wodurch sie zu Störungen der Hirnfunktion führen können.

Homunculus: eigentlich »Menschlein«. In den Neurowissenschaften ist damit die Repräsentation der Körperregionen in der somato-sensorischen und motorischen Hirnrinde gemeint. Bestimmte Regionen und Nervenzellgruppen der Hirnrinde sind jeweils bestimmten Körperteilen zugeordnet. Die Areale zusammengenommen ergeben die Kontur eines ungewöhnlichen »Menschleins«.

Inselrinde: Teil der Großhirnrinde, der zwischen Frontallappen und Schläfenlappen eingesenkt liegt und von diesen verdeckt wird. Der Inselrinde wird eine wichtige Funktion in der Wahrnehmung vegetativer Körperreaktionen und der emotionalen Bewertung von Sinnesreizen zugeschrieben.

Kleinhirn: An der Rückseite des Gehirns gelegener Hirnteil, der besonders für die Steuerung von Bewegung wichtig ist.

MRT – Magnetresonanztomografie: Bild gebendes Verfahren, das zur Darstellung der Struktur und Funktion von Körpergeweben und -organen in der medizinischen Diagnostik und Forschung eingesetzt wird. Im Gegensatz zur Computertomografie, die mit Röntgenstrahlen arbeitet, basiert MRT auf der Verwendung starker Magnetfelder.

Neuron = Nervenzelle: Zelltyp, der im Nervensystem des Menschen und anderer Tiere vorkommt. Neuronen sind auf die Erregungsleitung, also die Weiterleitung elektrischer Signale, spezialisiert.

Nucleus accumbens: Kleine Kernstruktur in den Basalganglien, die eine zentrale Rolle in der Verarbeitung von Belohnung spielt.

Phobie: Anhaltende und krankhaft übersteigerte Angst, die auf bestimmte Objekte oder Situationen gerichtet ist.

Reflex: Nicht beeinflussbare, rasche und gleichförmige Reaktion auf einen Reiz, der durch Nervenzellen vermittelt wird.

REM-Schlaf: Schlafphase, die durch schnelle Augenbewegungen (»rapid eye movement«), lebhafte Träume und Muskelerschlaffung gekennzeichnet ist.

Ritalin: Handelsname für Methylphenidat, ein dem Betäubungsmittelgesetz unterliegendes Medikament, was anregend wirkt und Müdigkeit und Hemmungen unterdrückt. Ritalin wird bei der medikamentösen Behandlung von Kindern mit ADHS eingesetzt.

Sakkade: Schnelle, ruckartige Blickbewegung. Durch Sakkaden wird der Fixationspunkt verändert, also der Punkt oder Gegenstand, auf den der Blick gerichtet ist.

Schlaganfall: Plötzlich auftretende Hirnerkrankung, bei der es zu einer Störung der Blutversorgung von Teilen des Gehirns kommt. Die Folge sind vorübergehende oder anhaltende Ausfälle von Hirnfunktionen. Schwere Schlaganfälle können zum Tod führen.

Sehrinde: Überwiegend im Hinterhauptslappen gelegener Teil der Großhirnrinde, in dem visuelle Reize verarbeitet werden.

Stirnhirn: Direkt hinter der Stirn gelegener Teil des Großhirns, synonym mit den Bezeichnungen Stirnlappen oder Frontallappen gebraucht.

Vegetatives Nervensystem: Es dient der Regulation der lebenswichtigen Körperfunktionen wie Herzschlag, Blutdruck, Atmung, Verdauung und Stoffwechsel. Da seine Funktionen weitgehend automatisch ablaufen und keiner willkürlichen Kontrolle unterliegen, wird es auch als autonomes Nervensystem bezeichnet.

Wernicke-Aphasie: Eine von Carl Wernicke (1848–1905) beschriebene Sprachstörung, bei der die Sprache flüssig, aber fehlerhaft und das Sprachverständnis stark gestört ist (= sensorische Aphasie). Das Wernicke-Areal liegt im Schläfenlappen (= Temporallappen).

Lösungen

Lösungen für die Fragen im Buch:

Seite 148/149:
1. d
2. Lampe B

Seite 149:
4. Die nächste Zahl ist 34.
Begründung: Die nächste Zahl entsteht immer durch Addieren der beiden vorherigen.

5. Die richtige Zahl ist 2160.
Begründung: Die nächste Zahl wurde immer mit einer ganzen Zahl multipliziert. Und dieser Multiplikationsfaktor erhöht sich bei jedem Mal um 1, also 3 x Faktor 2 = 6, 6 x Faktor 3 = 18, 18 x Faktor 4 = 72… und schließlich 360 x Faktor 6 = 2160.

6. Zeichnung b) und d).

Seite 137:
Das Euro-Stück a) ist richtig.

Lösungen für das Quiz ab Seite 202:

1 b

2 a

3 b

4 b

5 c

6 a

7 c

8 b

Äußerlich gibt es eine große Variabilität zwischen verschiedenen menschlichen Gehirnen. Eine sichere äußere Unterscheidung zwischen genialen Menschen und unsereinem gibt es nicht, obgleich immer wieder behauptet wird, dass Einsteins Gehirn im Bereich des Scheitellappens breiter gewesen sei. Dies wird aber von mehreren Experten bestritten. Es bleibt spannend, ob man irgendwann die Grundlage für Genie im Gehirn finden wird.

9 c

Wörter, die zueinander einen Bezug haben, kann man sich am besten merken, auch weil man sie in ein Bild (hier: z. B. Bauernhof) fassen kann. Das fällt bei »Rose, Aschenbecher, Oslo« schwerer. Abstrakte Wörter oder, wie hier, Fantasiewörter sind schwer in unsere Vorstellung einzubinden und daher sehr schwierig zu merken.

10 c

11 c
Mit Alkohol im Blut schläft man oft besser ein, wacht aber eher mitten in der Nacht auf (sog. »Durchschlafstörungen«). Tiefschlafphasen sind am Anfang der Nacht häufiger und länger als gegen Ende.

12 b
Es gibt viele Theorien zur Bedeutung der Träume, unter anderem a). Geklärt ist die Bedeutung der Träume allerdings noch nicht.

13 c

14. Frage viele Freunde nach einer möglichst passenden Zuordnung. Ist die Zuteilung zufällig verteilt? Wenn nicht, warum stimmen wohl die meisten für c)?

15 a.

Bildnachweis:

Picture Alliance: S. 26, 48 (picture alliance/dpa: Fotograf Andreas Gebert), 175 (picture alliance/ZB)

akg-images: S. 106 (akg/Science-Photo-Library), S. 130 (akg/Science-Photo-Library)

S. 110: © N.F. Dronkers. Published by Oxford University Press on behalf of the Guarantors of »Brain«, 2007. All rights reserved. For permissions, please email: journals.permissions@oxfordjournals.org

Alle übrigen Zeichnungen und Sachgrafiken: Kai Pannen

Hinweis zum Umgang mit den Internetverweisen

Zum Zeitpunkt der Drucklegung wurden die im Buch angegebenen Internetadressen auf ihre Richtigkeit überprüft. Adressen und Inhalte können sich jedoch schnell ändern. So können Internetseiten für Jugendliche ungeeignete Links enhalten. Der Verlag kann nicht für Änderungen von Internetadressen oder für die Inhalte auf den angegebenen Internetseiten haftbar gemacht werden.

Blick auf die Innenseite der linken Gehirnhälfte

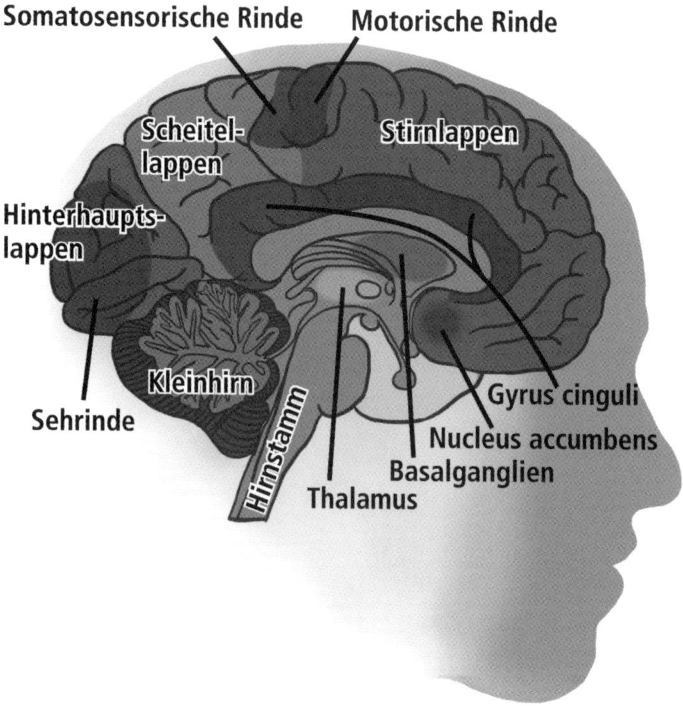

Blick auf die Außenseite der linken Gehirnhälfte

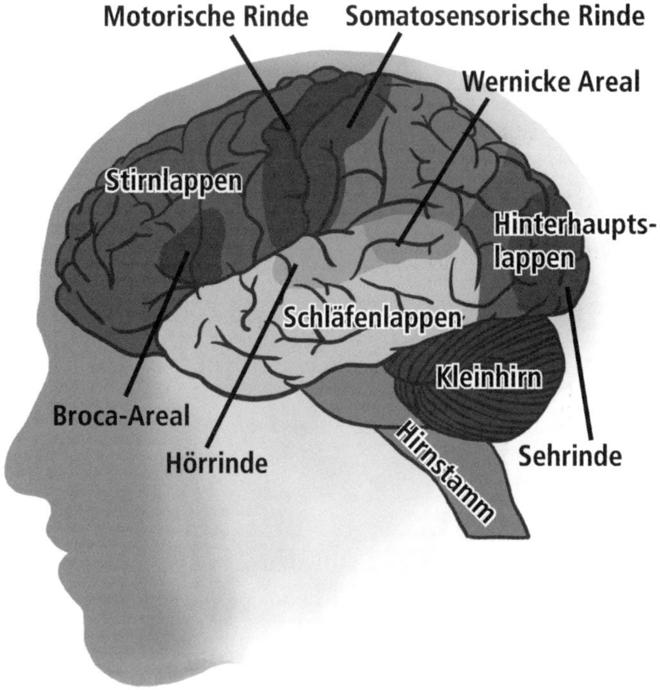

Alexander Rösler

Ein Kuss ist ein ferner Stern

Manche Gedanken lassen sich gut schneiden, wie Papier. Andere sind hart wie Alabaster. Der Gedanke an das Mädchen vom Strand ist ein unendlicher Alabastergedanke – für August, der nicht lügen kann, nichts in Gesichtern liest und für den Berührung eine Kröte auf der Haut ist. Ein Zufall wirft sein geregeltes Leben aus der Bahn. Und konfrontiert August mit einem Gefühl, das völlig neu für ihn ist.

Arena

216 Seiten · Kartoniert
ISBN 978-3-401-50465-0
www.arena-verlag.de

Martin Zimmermann (Hrsg.)

Allgemeinbildung Weltgeschichte

Die Geschichte der Menschheit ist geprägt von sozialen, technischen und kulturellen Errungenschaften, aber auch von Krieg und Leid.
Dieses Buch nimmt den Faden vor vielen Millionen Jahren auf und verfolgt ihn durch die frühen Hochkulturen und antiken Weltreiche. Die Zeit der Entdeckungen löst das Mittelalter ab. Kolonialismus und Imperialismus folgen einander, Weltkriege erschüttern die Erde, die Technologie kapituliert uns ins Zeitalter der Globalisierung. Es entsteht ein farbenprächtiges Bild einer spannenden Entwicklung – der Geschichte der Menschheit.

Arena

496 Seiten • Klappenbroschur
ISBN 978-3-401-50407-0
www.arena-verlag.de

Ruth Omphalius

Das geheimnisvolle Universum der Ozeane

Mit einem Vorwort von Frank Schätzing

Warmes türkisblaues Wasser, eisig glitzernde, endlose Fluten, tosende Brandung … Das Meer verzaubert und birgt ungeahnte Geheimnisse: Es ist die Wiege des Lebens, Heimat gefährlicher Jäger und bestimmt als Klimamotor der Erde unseren Alltag. Mit vielen Geschichten und originellen Anekdoten vermittelt dieses Buch Wissen über die geheimnisvolle Welt unter Wasser.

208 Seiten · Klappenbroschur
Mit Fotos und Illustrationen
ISBN 978-3-401-06147-4
www.arena-verlag.de